Currente Calamo

CIP-BRASIL. CATALOGAÇÃO NA PUBLICAÇÃO
SINDICATO NACIONAL DOS EDITORES DE LIVROS, RJ

G995c   Gutierrez, Renato Soares
        Currente calamo : crônicas, versos e encenações / Renato Soares Gutierrez. – 1. ed. – Porto Alegre [RS] : AGE, 2023.
        222 p. ; 16x23 cm.

        ISBN 978-65-5863-188-0
        ISBN E-BOOK 978-65-5863-187-3

        1. Cinema – Crônicas. 2. Crônicas brasileiras. I. Título

                  CDD: 869.8
23-82695   CDU: 82-94(81)

Meri Gleice Rodrigues de Souza – Bibliotecária – CRB-7/6439

Renato Soares Gutierrez

Currente Calamo

Crônicas Versos Encenações

Editora AGE

PORTO ALEGRE, 2023

© Renato Soares Gutierrez, 2023

Capa:
Fabio Boni

Diagramação:
Nathalia Real

Supervisão editorial:
Paulo Flávio Ledur

Editoração eletrônica:
Ledur Serviços Editoriais Ltda.

Reservados todos os direitos de publicação à
LEDUR SERVIÇOS EDITORIAIS LTDA.
editoraage@editoraage.com.br
Rua Valparaíso, 285 – Bairro Jardim Botânico
90690-300 – Porto Alegre, RS, Brasil
Fone: (51) 3223-9385 | Whats: (51) 99151-0311
vendas@editoraage.com.br
www.editoraage.com.br

Impresso no Brasil / Printed in Brazil

Sumário

A poltrona dourada 9

Introdução – A nudez do cronista 11

CRÔNICAS

Luísa e Capitu 15
Bellow e Roth 18
Reminiscências a respeito de Graham Greene 20
Aguaceiro sobre os ladrilhos
    (sobre *Roma*, de Alfonso Cuarón) 22
Doktor Brandhauer
    (sobre *Final Report*, de István Szabo) 24
Os velhotes 26
Over the Rainbow
    (sobre *A Star is Born* de George Cukor) 29
Um contraponto aos tarantinófilos 31
Os clássicos o vento leva
    (sobre *The Post*, de Steven Spielberg) 33
A Coroa 35
Woody Allen & Ludwig Van Beethoven 37
You must remember this
    (sobre *Casablanca*, de Michael Curtiz) 39
Iñarritu 41

Um artista e suas repetições 43
Tom Ford
    (sobre *A Single Man,* de Tom Ford) 45
Le Carré e a ideia de nação
    (sobre *Tinker, Taylor, Soldier, Spy*, de Tomas Alfredson) 47
Tom Courteney, o mais fiel camareiro 49
Tradutores traidores 52
Os narizes do Matt Damon 54
O sexo de sutiã 56
Queixos e lábios hollywoodianos 58
Audrey Hepburn: de onde veio a harmonia 60
Travis e Newland 63
Diana Krall: a natureza tem os seus exageros 65
O tango e a lógica da tragédia 67
Meritocracia 69
A propósito de setembro: as lendas e o Simões 71
O elefante Bimbim 73
Olhos que tardam 78
A Filosofia e seus prolegômenos 80

ENCENAÇÕES

Bom dia, Professora. 87
A escolhedora de feijões 117
Os músicos de fado 137
A bênção das tormentas 166

VERSOS

Velório 197
Entre dos aguas 198
Ave negra... 199
El sonido de las piedras 200
Era noite 201
Três papagaios 202
Beleza 203
Ajuda 204
Morto.. 205
Minúscula pastoral 206
Envelhecer.. 207
Esperança 208
Domínio público.. 209
Falha 210
Origem.. 211
Alma 212
Clair de lune 214
Um galho 215
A visita da senhora... 216
Um dedo 217
Fazer... 218
Dia de tempestade 219
Versos contagiantes.. 221

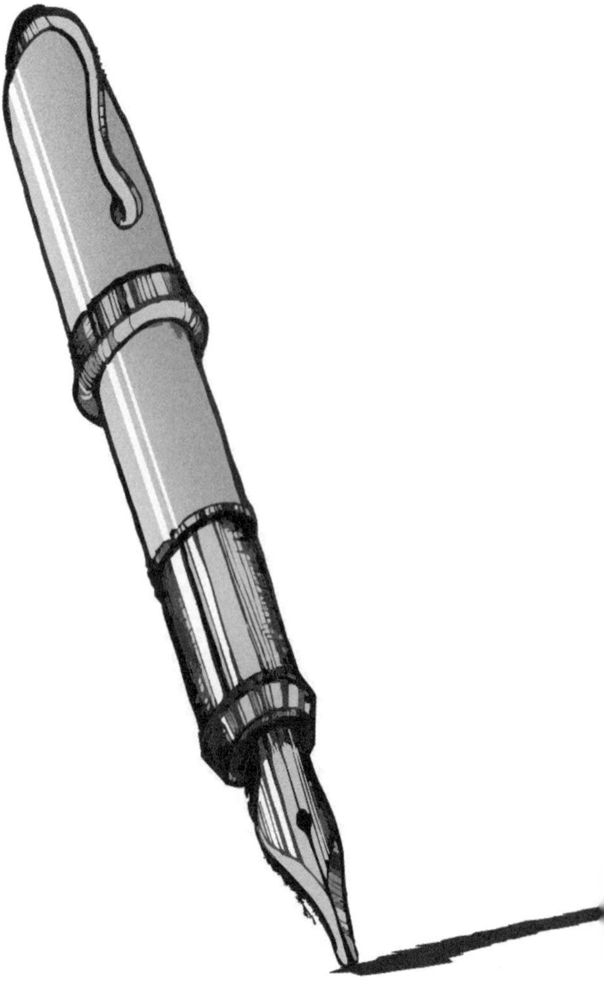

A poltrona dourada

É bem fácil ser espectador de cinema. Basta uma poltrona, e os aparelhos auditivo e visual. E alguma dose de estética, usando-se parcial ou totalmente a definição de que "a estética é uma ciência que remete para a beleza e também aborda o sentimento que alguma coisa bela desperta dentro de cada indivíduo".

O cinema, em suas fases iniciais, tinha isso, um lugar escuro aonde a gente ia, sentava-se, ouvia e via tramas e enredos, apreciava paisagens e belezas humanas, e, de certa forma, enlevava-se com isso.

Mais tarde, e em sua evolução, essa diversão começou a ter conotações artísticas, e os roteiros e argumentos eram subentendidos, ou até mesmo surrealidades, as quais davam, e ainda dão, pano para mangas, ou seja, objetos para discussões e análises intermináveis, as formas de se ler "mensagens" subliminares.

E surgiram os críticos, os que entronizaram essa forma de consumir o cinema, assisti-lo, por certo, mas também julgá-lo por padrões estéticos que eles mesmos estabeleceram ao longo do tempo.

Esses padrões o espectador comum, como este que vos fala, a princípio aceitou como dogmas, mas com o tempo, e as constatações livres, depois veio a enxergar discordâncias, visões deturpadas, e até mesmo a identificar falsos artistas, criados por ilusões político-ideológicas.

Dando alguns exemplos, e especificações: nenhuma forma de arte poderia invadir a liberdade de cada um em seu senso de apreciação, o simples e complexo "gostei ou não gostei". Em várias fases do cinema-arte existem chatices oceânicas, aceitas dentro dessas embalagens construídas pela crítica, que obrigava os intelectuais (não me peçam aqui nenhuma definição) a gostar de um filme antes de vê-lo, porque era obra de "autor", e os exemplos aqui vão de Glauber Rocha a Jean Luc Goddard, passando pelos italianos "cabeça", como Antonioni, os quais fizeram filmes nos quais os espectadores só não saíam antes do fim por medo do julgamento da "tchurma" cinéfila. Em *A Chinesa*, de Goddard, confesso aqui, contrito, que saí bem antes do fim, e fui a um bar com amigos, e nos redimimos pelo consumo de alguns ou vários chopes. O Glauber, santificado no Brasil, produziu um dos maiores aborrecimentos que se pode contemplar, com *O Deus e o Diabo na Terra do Sol*, que duvido alguém dure mais do que alguns minutos, e que ninguém nunca se atreveu a criticar sob pena de ser fulminado em segundos.

Então, se num momento de velhice, nós percebermos que deixamos de valorizar belíssimos filmes, e, em especial, em revisões de filmes autorais, nos dermos conta de que eram solenes abacaxis, isso é ótimo para, no tempo que nos resta, guiarmo-nos, de forma franca e honesta, pelo nosso próprio gosto. Nesse momento solene, e algo tardio, tornamos a nossa poltrona um objeto dourado. Em definitivo.

Introdução
A nudez do cronista

A crônica sempre foi vista como uma forma subalterna de literatura. E os cronistas, curiosos que sabiam escrever, sem maior brilho e sem maior compromisso. Quase como o conto, ou as histórias curtas, ou até mesmo a novela, uma forma de romance com calças curtas. Neste século, em 2013, uma contista afinal ganhou o Nobel de Literatura, a canadense Alice Munro. Mas, se chegarem a lê-la, como fiz, diriam que a Sra. Munro escreve romances que não são longos como *Guerra e Paz*, ou como *Em Busca do Tempo Perdido*, mas que podem muito bem ser assim considerados. Um dos maiores contistas, no meu ver, Guy de Maupassant, fez *Bola de Sebo*, e escreveu outras tantas joias, mas diminuía-se diante de Flaubert, seu mestre, que tanto prestígio ganhou com a sua *Madame Bovary*, tido como o ponto mais alto do romance universal. Essa subserviência foi contada no introito de uma tradução brasileira de Maupassant, de Léo Schlaffman, mencionando que depois de ler *Bola*, Flaubert ainda cobrou-lhe "outra dúzia como esse" para que se pudesse "chamá-lo de um homem". Entre nós, Rubem Braga, um cronista, ganhou alguma respeitabilidade dos literatos e acadêmicos brasileiros, como alguém que, afinal, não era tão pequeno assim, mas isso aconteceu no Rio de Janeiro, e os que o absolveram da miséria intelectual eram quase todos seus grandes amigos.

Mas, os cronistas, esses que escrevem sobre o cotidiano, que comentam fatos e pessoas nos quais os indivíduos comuns não veriam nada, esses escreventes são então seres banais, que apenas enxergam com mais olhos, sobre o que pode estar por detrás de algo, sobre o que pode significar um gesto, uma postura, uma expressão manifestada em qualquer situação. E que manifestam isso em algumas linhas, uma página, duas, se muito, e aí se vai levando esse gênero subliterato ao exílio e à sombra.

Há alguns anos, em 2015, apareceram nuas pelas ruas de Porto Alegre duas ou três mulheres, em diferentes ocasiões. Ocorreram-nos várias explicações, "querem chocar", "é um protesto político", "andam em busca da fama", e outras tantas mais, a nós, leitores de jornais. Um cronista local, no trecho final de seu texto, publicado em periódico, "interpreta" essa nudez, e suas palavras são exatamente as a seguir:

> A nudez dessas mulheres é uma nudez assexuada. É uma nudez da essência do ser humano, uma nudez de bicho. Não chega a ser uma nudez de criança pequena, porque também não há inocência no gesto. Há um passado por trás daquilo. Um desespero. Um dia, aquelas mulheres foram crianças nuas e leves, agora não mais. Agora elas são nuas e desistentes. Elas andam pelas ruas de Porto Alegre, mas é como se gritassem: olhem para mim, eu existo. Eu existo.

Se ficarem curiosos, leiam a crônica de David Coimbra, de *Zero Hora* de 1.º de abril de 2015. Ele morreu no dia 27 de maio de 2022, aos sessenta anos. Como ele disse sobre as mulheres nuas, ele existiu sim. Cronista, dos grandes, ele existiu. E se foi.

CRÔNICAS

Luísa e Capitu

Dom Casmurro e *O Primo Basílio*, clássicos literários de nosso idioma, permitem algumas observações sobre coincidências e contradições, não nos mesmos ares dos críticos profissionais, mas nos dos leitores comuns – nem sempre menos atentos.

Nascidos com apenas seis anos de diferença e praticamente compartilhando o período de maior produção literária, Eça de Queirós e Machado de Assis marcaram muito suas obras com essas duas mulheres, Capitu, vivendo entre Bentinho e Escobar, e Luísa, às voltas com Jorge e o fidalgo arrogante que era seu primo.

Machado publicou *Dom Casmurro* em 1900, aos sessenta e um anos de idade, oito anos antes de sua morte, um livro da maturidade, como foram *Memorial de Aires*, *Esaú e Jacó* e *Relíquias da Casa Velha*, de seus últimos anos; Eça tinha acabado *O primo Basílio* vinte e três anos antes, em 1877, aos trinta e dois anos de idade, passando os dez anos seguintes sem publicar depois dessa obra, intervalo que se seguiu pelo seu período mais fértil, marcado em particular por *Os Maias* (1888), oportunamente reproduzido no Brasil pela TV Globo, com marcante atuação de Walmor Chagas.

Com essa antecedência de mais de duas décadas, quando Machado concebeu Capitu não só conhecia a prima Luísa, Basílio, Jorge, Sebastião e o Conselheiro Acácio, como fez publicar, sob pseudônimo, demolidora crítica sobre a obra de Eça em folhetim (*Cruzeiro*), em 1878, logo depois que foi publicada em Portugal. A essa crítica Eça respondeu com respeito e elegância, além de ter logo a seguir nomeado Machado como seu representante no Brasil, com a finalidade de impedir as reproduções clandestinas de seu livro, que, vejam só, já existiam nos anos 1800.

Nessa crítica, o fulcro de Machado é a personagem Luísa e seus infortúnios: esses traduziriam meramente o seu sofrimento diante de um acontecimento fortuito, o roubo das cartas comprometedoras por uma empregada, faltando-lhe o essencial da arte, na opinião do crítico, o descerramento do sofrimento moral, que não consegue encontrar em Luísa.

E, para que não o desminta, assim disse Machado da personagem:

> Para que Luísa me atraia e me prenda, é preciso que as atribulações que a afligem venham dela mesma; seja uma rebelde ou uma arrependida; tenha remorsos ou imprecações; mas, por Deus! Dê-me a sua pessoa moral.

Com essas premissas em mente, o brasileiro praticamente destituiu de méritos a obra imortal de seu par português. Num grave momento, disse:

> Ora bem, aplicai essa máxima (a de que a dor moral e não a física interessam à arte) ao vosso realismo, e, sobretudo, proporcionai o efeito à causa e não exijais a minha comoção a troco de um equívoco.

Pois, a que venho: se olharmos para a moça dos olhos de ressaca, Capitolina, Capitu, concebida vinte anos depois dos suplícios de Luísa, para o mesmo ambiente do casamento e do adultério, Machado construiu de modo lacônico a sua personagem; desde a infância, decidida e decisória, escolhe e apaixona seu namorado de forma absoluta, e cresce, "da rua Matacavalos à praia da Glória", acabando na heroína misteriosa, que deixa ao leitor a opção de culpá-la ou absolvê-la, com as evidências que se recebem em doses francamente homeopáticas ao longo de toda a trama.

No entanto, diante do adultério escancarado de Luísa, de seu suplício aberto em ferida, pela degradação da chantagem e o negrume da culpa presentes na obra de Eça, Machado nos legou uma Capitu da qual não se vê o sofrimento, de modo quase virtual, à distância, traduzido na sisudez de Bentinho, Casmurro em seus anos de exílio sentimental, e na rapidez das linhas em que Capitu é acusada, faz sua declaração de sofrimento, viaja e morre.

Quando falo na rapidez e na obscuridade das penas de Capitu e em sua declaração de sofrimento, estou apenas a notar que resume tudo em curta frase, depois de receber de Bentinho a acusação formal de sua traição com Escobar. Ela simplesmente diz ao marido, segundo ele mesmo narra:

> Confiei a Deus todas as minhas amarguras – disse-me Capitu ao voltar da igreja –, ouvi dentro de mim que a nossa separação é indispensável e estou às suas ordens.

Luísa, bem ao contrário, pena por seu delírio sensual, sofre chantagem, submete-se às exigências da vil empregada, degrada-se mais e mais, enquanto Basílio covardemente evade-se, para que ela sofra quase sozinha, até encontrar guarida no bom Sebastião, que a conduz em sua piedade durante as provações da doença e até o último suspiro.

Onde caberia, portanto, a crítica de Machado nas andanças de sua própria história, se a fosse apreciar com os mesmos olhos que desancaram Eça e sua Luísa, vinte anos antes? Na verdade, nem mesmo pode ser moral a pessoa de Capitu, nem a vemos rebelde, muito menos arrependida, nem manifestou remorsos, nem imprecações: deixou o mestre a nosso encargo todas essas suposições, a cada um de seus leitores, e com um cinzel tão preciso que ainda olhamos para todos os escritores que lhe sucederam, depois de Capitu existir há cento e vinte anos, e não encontramos alguém capaz de andar calçado com as mesmas botinas.

Bellow e Roth

Enquanto preparava a edição deste meu trabalho, por acaso, ou por alguma outra disposição extraterrena, caiu-me nas mãos um dos muitos livros que releio, *Herzog*, de Saul Bellow (publicado originalmente em 1961), prefaciado por Phillip Roth, que a Companhia das Letras publicou em 2011, com tradução de José Geraldo Couto.

Roth, de mesma origem judaica e europeia, sumariza os principais livros de Bellow, numa perspectiva muito próxima de criação, cultural, religiosa, etária (Bellow era oito anos mais velho que Roth) e, diria eu, de qualidade literária; Bellow recebeu o Nobel de Literatura em 1976, e vários outros (PEN, National Book Awards), e Roth, falecido em 2018, foi várias vezes premiado, mas a academia sueca resolveu ignorá-lo, o que muita gente de peso na área da crítica não entende, em especial diante de agraciados como Bob Dylan.

Pois, na resenha de Roth sobre Bellow, na profundidade da análise de cada um dos personagens principais – Augie March, Herzog, Charlie Citrine, Henderson, Humbolt, Sammler – na intimidade do entendimento da construção literária, que um *expert* identifica no trabalho de um de seus pares, de qualidade comparável, entendi que a genialidade não vem em frascos de perfume, como os que se compram em qualquer bazar. Vem em raras aparições, em nascimentos muito especiais, em oportunidades e em vivências, e na aplicação dessas pré-condições em extensos e extenuantes trabalhos, onde se cria arte, e, em especial quanto ao romance, deixem que o próprio Saul Bellow o defina, como fez no recebimento do Nobel:

> O romance nos diz que para cada ser humano há uma variedade de existências, que a existência isolada é ela mesma em parte uma ilusão, que essas várias existências significam alguma coisa, tendem a alguma coisa, preenchem alguma coisa; o romance nos

promete sentido, harmonia e até justiça. O que Conrad disse era verdade: a arte tenta descobrir no universo, na matéria, bem como nos fatos da vida, aquilo que é fundamental, duradouro, essencial.

Nesse entendimento, que reflete a existência de uma arte gestada com intenções e consequências, nota-se claramente que existe a complexidade na criação, muito embora, em alguns momentos, e em algumas modalidades, se valorize o ato simples e corriqueiro, a genialidade da mão que rabisca, a nota e a sucessão de notas que se harmonizam em um resultado sonoro. Contudo, e nos tempos que vivemos, de automatismos e de impensados, como diria, "achismos", é preciso que se veja "o fundamento das coisas", na expressão do nosso poeta Augusto dos Anjos.

Na análise de Arthur Sammler, Roth nos diz:

> O triunfo de *O Planeta do Sr. Sammler* é a invenção do personagem, munido de credenciais que lhe advêm de sua formação europeia – ele que sofreu na carne a história do século e que perdeu um olho com a barbárie nazista – e lhe conferem o título de "arquivista da loucura". A justaposição do calvário pessoal do protagonista, com as forças sociais que ele enfrenta, o tom exato, ressonante e irônico dessa justaposição, é responsável pelo impacto do livro, como em toda a obra de ficção memorável.

Assim, não se transformam em artistas pessoas porque estejam em algum lugar, porque falem algum idioma, porque tenham tal cor de pele, ou porque tenham qualquer tipo de disposição sexual. E, ao serem julgados, esses trabalhos humanos mereceriam que essas apreciações fossem feitas com isenção total desses que são os verdadeiros preconceitos, aqueles que pessoalizam e catalogam, antes de ver, ler ou ouvir. E que, hoje, traduzem uma forte tendência na maioria das críticas, em várias formas de arte. Que estão, ou estarão, a querer assassinar a qualidade e a profundidade que os maiores criadores haverão de continuar produzindo.

Reminiscências a respeito de Graham Greene

Paulo Francis teria dito que Greene era um "santarrão", ao menos se o olhasse no âmbito de *Heart of the Matter*, traduzida, na última edição brasileira, por *O Cerne da Questão*, o que acho um solene equívoco do tradutor. Ora, se não quisesse passar a ideia do romance por uma palavra em sentido figurado, não teria o autor usado a expressão "heart","o coração" e muito menos a "questão", e sim o óbvio, a "matéria". Em Portugal pespegaram-lhe *O Nó do Problema*, o que não nos ajuda em nada.

"Trata-se, então, do "coração da matéria" (outra tradução brasileira anterior usou essa expressão correta), onde Greene escala o personagem Scobie para esclarecer sua opção de religiosidade, num romance em que se coloca a partir de um casamento esvaziado de paixão e desejo, relacionado em grande parte à perda de uma filha de pouca idade, com um emprego colonial de polícia em uma África sofrida e explorada, e que culmina por colocar o militar diante de uma paixão extraconjugal que lhe questiona tudo o que acumulava de princípios em sua sofrida espiritualidade.

Greene era um habilíssimo criador de personagens e situações, e construía suas frases admiravelmente, muito embora, como monoglota (ao menos para o inglês literário), não me sinta à vontade com o tradutor, a começar pela péssima escolha do título, e quem sabe quantas inadequações mais teriam ocorrido?

Essa angústia culposa, e a escolha definitiva pela coerência com suas convicções em relação a um ser supremo, já existiam, talvez até em grau maior, em *O Poder e a Glória*, escrito nove anos antes, quando – saúde-se o tradutor – o título original era *The Power and the Glory*. Nesta obra, um padre, em um país, o México, cuja ditadura proibia e perseguia a religião da maioria de seu povo, persistia em viajar escondido, e em continuar a pregar aos fiéis de sua crença, com todos os riscos e os sacrifícios inerentes.

No início citei Francis, e, na verdade, tenho de memória que ele tenha tascado um "santarrão" para Graham Greene. Dizem os historiadores que ele renegava ser tratado como "o maior dos escritores ingleses católicos", mas ele, inegavelmente, tratou desse tema, ou porque em pessoa se identificasse com esses dilemas, ou porque via nesse tipo de angústia existencial a essência para construir uma obra, tão vasta como a sua, estimada em mais de sessenta publicações, romances, relatos de viagens, peças de teatro, críticas, livros infantis, enfim uma vastíssima obra.

Por alguma razão, dessa variada temática, e de tantas reminiscências espirituais e políticas, em cenários de países menores e explorados, nunca se notou que o escritor fosse visto pela maioria da crítica, mesmo "de esquerda", senão como um autor secundário. Muitos dos ganhadores do Nobel mais recentes são até intraduzíveis, e os méritos difíceis de reconhecer, ao menos para os leitores comuns. Mas isso, a distância dos eruditos aos leitores, é como os enólogos que sentem minúcias de cheiros e sabores inacessíveis aos que simplesmente apreciam bons vinhos, e os bebem sem maiores exigências além de gostar ou não gostar. A respeito disso, lembro-me de um crítico, ao degustar um vinho, sair-se com "lembra-me folhas outonais envoltas em mel". Desejo que jamais um crítico literário saia-se com uma cretinice desse tamanho para comentar a obra de Greene, um escritor de todo o respeito.

Aguaceiro sobre os ladrilhos
(sobre *Roma*, de Alfonso Cuarón)

Filme em preto e branco costuma despertar em mim um preconceito do qual não tenho nenhum orgulho. Parece-me um truque para os incautos espectadores ou críticos mais velhos, que veriam nisso uma homenagem aos primórdios do cinema, ou um preito de gratidão e orgulho para a época dos grandes filmes autorais, Fellini, Antonioni, Ingmar Bergmann e por aí afora.

Por isso, entrei em *Roma*, de Cuarón, meio prevenido a não gostar, e aquela enorme quantidade de água que caía sobre os ladrilhos da casa onde se ambientava o filme quase foi um reforço a essa terrível predisposição.

Mas, por fortuna, segui em frente, e pude apreciar seus enormes méritos aos poucos, como uma bebida sorvida lentamente, aos goles, como quem tem muita sede e prefere saciar-se de modo a não perder de imediato toda aquela água.

Pouco vi de Cuarón antes, confesso. Vi *Great Expectations*, sem maior emoção. Sou fã de auditório de Alejandro Gonzáles Iñarritu, em especial depois de *Babel* e *Bird*, e cheguei a colocá-los na mesma trilha, mas não, nunca estiveram juntos, são ambos mexicanos, e é só.

Roma seria "lento demais", diziam-me alguns amigos. Ou "triste demais", segundo outros. Poucas vezes vi, no entanto, tão grande coerência entre o ritmo do filme, e o seu roteiro e temática. Os gestos de Cleo (Yalitsa Aparicio, uma estreia como poucas) são lentos, suas passadas na rotina de trabalhos em uma casa de enorme família parecem programadas; ela anda com a mesma delicadeza com que trata os meninos dos patrões, seu rosto reflete a mesma bondade com que recebe os percalços do seu destino, e a amargura dos acontecidos que nem tem como evitar.

Cuarón é um pintor das imagens com as quais ilustra as cenas, a família abraçada, desolada, num parque onde os filhos ficam sabendo da fuga do pai, a imobilidade de Cleo, sentada em uma cadeira a contemplar o nada logo depois da perda do bebê, o abraço de todos ao se reencontrarem na praia, salvos do afogamento: cenas plásticas, onde minha desconfiada desvalia do preto e branco perde por completo a razão de ser.

Um filme feito quase que com amadorismo, a começar pelos atores em geral, Cleo em particular, ora conformada na dureza de sua falta de opções, ora trazida quase na obrigação a uma cama e a um homem que aceita como se não houvesse outra coisa a fazer.

Não há a menor possibilidade de perdão naquele cenário, e nos acontecidos de cada um, nada lhes pode mudar as trajetórias: o pai se foi, a mãe precisa trabalhar de novo, a morte rondou os pequenos, mas Cleo lhes concedeu mais tempo de vida, o mesmo que ela perdeu naquela que lhe foi roubada.

Uma obra que não recorre a outras emoções ou recursos que não os da vida de seres humanos como tantos, contada com simplicidade e maestria, ao mesmo tempo. Roma, nesse contexto, foi a citação de uma rua simples, denominada como a cidade eterna, por onde, às vezes, passavam militares em desfile, bem defronte a uma casa cujos ladrilhos Borras, o cão, regularmente sujava. Nem sempre os sábios do Oscar, que não fogem dos desatinos, souberam tão bem premiar um filme de tanto valor.

Doktor Brandhauer
(sobre *Final Report*, de István Szabo)

Em fevereiro de 2020, na fase do primeiro pico da pandemia, lançou-se, na Hungria, o filme que teve o nome internacional de *Final Report*, traduzido no Brasil, com rara felicidade (depois de pavorosos despautérios) para a *A Música da sua Vida*, muito apropriado, como se verá.

Autoria do grande diretor húngaro István Szábo, oscarizado em 1981 por *Mephisto*, e novamente nessa mais do que inspirada parceria com o grande ator Karl Maria Brandhauer, como em *Colonel Redl*, o filme desliza como a corrente do riacho que ilustra uma das cenas mais expressivas, quando o coro de meninas e meninos, cantando em várias vozes simultâneas (Bach), encanta o velho "Doktor", cuja imaginação havia previsto a junção das vozes com as rumorosas águas da corrente.

Doktor se vê subitamente aposentado, um cardiologista que dirige equipe de ponta em hospital terciário, público, que acaba de ser fechado, numa das tantas sanhas destrutivas dessa terrível dinastia que entre nós ganhou o nome de gestão hospitalar, ou gestão da saúde, intocáveis burocratas a dirigir ferrenhamente trabalhos que desconhecem.

Perdido, doente pela súbita inatividade, opta o doutor por voltar a seu vilarejo natal, como médico de família, onde ainda reside sua idosa mãe.

As horas iniciais são de encantamento, pela simplicidade do trabalho, e pela inesperada descoberta do coro dos meninos da professorinha – um destaque do elenco, Eva Kerecz, de sensível interpretação –, afinadíssimos, inspiradores, a quem Doktor ouve com sua treinada audição de ardoroso operista, que sonha atuar como tenor e ter sua voz apupada, e que é casado com famosa soprano húngara, a qual deixou na capital para vir morar no velho vilarejo.

Sem que tarde muito, começam as vozes da pequena cidade a chegar-lhe aos ouvidos, as intrigas, os interesses do ambicioso prefeito, os casos extraconjugais, e inicia-se a parceria com o velho amigo, agora padre – outra inspiração do elenco, Károly Eperges, notável – com quem disputara uma paixão na juventude.

Existem vários expressivos momentos, os vários diálogos dos dois amigos em pescarias em que usam um ou dois botes, e o enterro da professorinha, onde os cantores, afastados do coro pelas intrigas, horríveis preconceitos e toda a trama do prefeito vil, voltam um a um ao coro que canta, na regência de uma das alunas, ao lado do caixão.

Não há um único reparo na interpretação de Brandauer, sempre preciso nas emoções leves e na raiva, sempre expressivo em olhares de outro modo despercebidos. Trata-se, nessa nossa mania pelo futebol, de um craque. Basta que nos lembremos de Redl, e do irrepreensível contraponto amoroso com Redford e Meryl Streep em *Out of Africa*, quando fez o marido, Bror. Andou até por 007, na inevitável luta pelo pão nosso de cada dia, já filmou em quatro idiomas, alemão, húngaro, inglês e francês, mas esse trabalho, aos 78 anos, sugere que seu parceiro István Szábo, ao conceber o filme, deve ter pensado que não haveria nenhum outro para o papel; era dele, desde a primeira palavra do roteiro. Que Deus o conserve, como Bach, e as águas da corrente, e que não nos roube os grandes talentos, raros e preciosos, ou só nos sobrará a mediocridade da burocracia mandante.

Os velhotes

Todo mundo tem suas coisas ou pessoas favoritas. Fã de cinema, tenho uma série de preferências, mas ao longo dos anos me dei conta de que admiro de modo especial atores depois de uma certa idade, homens que parecem nunca terem sofrido o período da insegurança e da inexperiência, e que, se nunca gozaram de uma fama esplendorosa, tipo Jack Nicholson ou Al Pacino, sempre foram sustentáculos da maioria dos filmes de que participaram, quase sempre como coadjuvantes.

Num dos sentidos do dicionário, "velhote" significa "pessoa de idade avançada, mas bem disposta", e a partir disso passei a listar esses nomes de minha admiração, que me leva a assistir filmes muitas vezes só pela presença desses atores nos elencos.

Começo com Tom Wilkinson, inglês de Leeds, de 69 anos, filho de pequenos fazendeiros, casado desde 1988 com Diana Hardcastle (que contracenou com o marido em *Marigold*), com duas filhas dessa união. Wilkinson formou-se em Literatura Inglesa e Americana na Universidade de Kent, fez alguns trabalhos de TV na década de 70, mas somente em 1997 apareceu para o mundo em *The Full Monty*, filme nominado a Oscar, em que operários desempregados constituem um grupo de *strippers*. Esteve nas fímbrias da estatueta da Academia duas vezes, nominado para melhor ator em *In the Bedroom* (2001), com Sissy Spacek, e novamente em 2007, por *Michael Clayton*, como ator coadjuvante, contracenando com George Clooney; Wilkinson fez um inimitável maníaco-depressivo, na minha opinião o seu maior papel. Há inúmeras citações possíveis, já que se trata de um trabalhador incansável do cinema (perto de setenta filmes), mas gosto de lembrar do *Marigold Hotel* pela parceria sem igual: Judi Dench, Maggie Smith e o sempre admirado Bill Nighy, que por pouco não faz parte desta minha família de notáveis atores.

O segundo nome, sem ordem de importância, é Chris Cooper, aliás Christopher Walton Cooper, de 67 anos, nascido em Kansas City, e filho de uma dona de casa e de um médico da Força Aérea, casado com Marianne Leone desde 1983. Cooper, que chama a atenção pela profunda concentração que emprega nos papéis que executa, é por demais prolífico: tem créditos em setenta e uma produções até este ano de 2018, 42 citações para prêmios, das quais triunfou em 35, o ápice sendo o Oscar de 2003 por *Adaptation*, embora o papel de Cel. Fitts em *American Beauty* seja muito difícil de superar, mesmo na pesada presença de Kevin Spacey, com quem contracena (que arrebata o Oscar de melhor ator principal). Existem várias oportunidades de se constatar a concentração de Cooper, o modo como se aprofunda nos personagens, o esforço que deve empregar para atingir tal grau de introspecção: vejam o Robert Hanssen de *Breach*, de 2007, ou o Charlie Aiken de *Osage County*, de 2013 (repleto de estrelas, Oscars para Meryl Streep e Julia Roberts). Ele nunca some; sempre é um pano de fundo que leva a trama, do mesmo modo que vejo os demais deste grupo.

Por uma questão de espaço e preferência, meu terceiro nome é o de Richard Jenkins, aliás Richard Dale Jenkins, de 71 anos, nascido em DeKalb, Illinois, casado desde 1969 com Sharon Friedericks, com quem teve um casal de filhos. De novo, alguém extremamente trabalhador, como os anteriores – tem créditos em 111 produções – entre cinema e TV. Jenkins talvez seja o que melhor representa essa coadjuvância inspiradora, essa presença que muitas vezes em poucas cenas suporta filmes de forma magistral. Os exemplos são inúmeros nos últimos anos (começou em 1985 com *Silverado*, um bangue-bangue), *Eat, Pray, Love*, de 2010, com Julia Roberts, *Liberal Arts*, de 2012 com Zac Efron e Elisabeth Olsen, *A.C.O.D.*, de 2013, sobre as disfunções familiares dos divórcios, *One Square Mile* de 2014, com Kim Basinger, e, muito em especial, *The Visitor*, de 2007, num papel principal, que mereceu nominação ao Oscar de ator principal, perdido para Sean Penn, por *Milk*, ator e temática imbatíveis, mas o visitante comovedor de Jenkins é uma obra-prima que jamais deve ser esquecida.

Os três velhotes, talvez não por coincidência, tem casamentos longevos, com as mesmas senhoras, regulam de idade, e provêm de pequenas cidades, o que pode sugerir existir alguma homogeneidade moral, o que quer que isso signifique.

Assim, para quem só entende a vida olhando para os principais e os vencedores, aqui se está a exaltar a complementaridade, o bumbo e o prato na grande orquestra, aquilo que exige de um ator que se concentre para dizer tudo em algumas poucas palavras, como Wilkinson, Cooper e Jenkins, que chamei de velhotes, na estrita e respeitosa definição do dicionário.

Over the Rainbow
(sobre *A Star Is Born*, de George Cukor)

James Mason tem um tom de voz algo irritante, anasalado, pedante como o dos ingleses mais pedantes, e um olhar que parece vir do alto, enxergando a tudo e a todos ao redor como seres diminutos, insignificantes, corriqueiros, e haja espaço para aquela soberba toda. Como todos os grandes atores – os que assim parecem ter nascido, e os que se tornaram, pelo aprendizado, que pode elevar qualquer pessoa a aperfeiçoar-se naquilo que ama com grande intensidade. A exemplo de Burt Lancaster, solene canastrão em filmes iniciais, como *O Trapézio*, e depois celebrado e circunspecto astro dirigido por reputados diretores europeus. Bertolucci, por exemplo.

Mason teve uma característica em sua carreira, os papéis de vilões refinados ou de incorrigíveis esnobes. Exceto, talvez, pelo magnífico papel desempenhado na parceria quase inigualável com Judy Garland em *A Star Is Born*, filme de várias versões, começando com a de Janet Gaynor e Frederick March, depois a de Barbra Streisand e Chris Kristoferson – este mantido de pé durante as filmagens só Deus sabe como –, e bem recentemente a que trouxe Lady Gaga para o lado dos que ouvem boa música, ao lado do galã Bradley Cooper, que fez ótimo trabalho também.

A história que me ocupa traz, de maneira invertida, a trajetória pessoal de Judy com o personagem de Mason, Norman Maine, ator em decadência, complicado com os estúdios por beber excessivamente e dificultar a feitura dos filmes, exatamente o que viria a acontecer com Judy depois, a dependência a drogas estimulantes, possivelmente anfetaminas, e a sua mortífera combinação com os barbitúricos, que viriam a matá-la prematuramente, com apenas quarenta e sete anos de idade. Um amor intenso entre os dois coincide com o desterro profissional de Mason – Maine e a grande ascensão da estrela Vicki Lester, jogada brutalmente entre a preservação daquela paixão e a manutenção da carreira musical e cinematográfica.

Judy Garland "canta" o filme – e por instantes, se fecharmos os olhos, poderemos notar facilmente o milagre da transmissão genética de sua voz para Liza Minelli, sua filha mais velha –, assim como Mason, com extrema sensibilidade, faz um severo contraponto não musical, na dureza das emoções que o amor, a inveja e a frustração lhe trazem a todo instante. Não teria sido nada fácil contracenar com aquela exuberância toda, sem nenhum recurso exceto a precisão de sua interpretação.

O grande George Cukor dirige o filme, ele tão celebrado por ser talvez o maior diretor de atrizes e que acaba por oportunizar um dos grandes papéis masculinos do cinema. A música é divina, e quem estiver extremamente assoberbado pelas agruras da falta de tempo para as coisas melhores da vida, conceda-se apenas *The Man That Got Away*, de Gershwing, e o resto da trilha virá ao natural.

Nos funerais de Judy, em 1969, James Mason foi escolhido pela família para aquele costume americano, o discurso junto ao caixão, a propósito, em detrimento de um velho e querido amigo de Judy, Mickey Rooney, que temiam não suportasse tal encargo. Quase posso vê-lo, altivo e elegante, dizendo a frase que tanto se cita:

"Judy não necessita mais cantar *Over the Rainbow;* ela já pôs essa música dentro de nossos corações".

Um contraponto aos tarantinófilos

A arte, assim como a ciência, deve ter um propósito. Mais vagamente do que esta última, variando em diferentes momentos, mas sempre com alguma coisa que pode significar outra.

Em muitas medidas, Iberê Camargo pintava o sofrimento. Chegando a meu propósito, Woody Allen sempre retratou as angústias do homem metropolitano, a neurose que pontifica sua vida cheia de perplexidade.

A violência é um belo propósito, como a mais significativa das deturpações humanas, a hora em que todos os formulados da ética desmoronam, o momento em que a essência solidária do ser humano é questionada em sua raiz.

A guerra, sem nenhuma sombra, é a pior das violências, quando motivos torpes e egoístas de meia dúzia de celerados põem nações de jovens no cadafalso, os piores cenários da humanidade, praias coalhadas de cadáveres, chãos encharcados de sangue, Dunquerque, Waterloo, Da Nang, Malvinas. Sempre na defesa de "um modo de vida", sempre na insana batalha pela "democracia", sempre no ataque à "tirania".

O arrostar da violência já fez grandes filmes; *Taxi Driver* é um deles, Travis Bickel e a invasão armada do bordel, as pistolas de grosso calibre, e o sangue necessário, aquele que revela a "desnatureza" da loucura assassina.

Pela ironia, a violência já foi mais do que retratada, a sátira de *Ardil 22*, de Joseph Heller, talvez o maior livro a ridicularizar os homens da guerra em suas caricaturas, com um personagem, Yossarian, mais do que perfeito, o maior papel da carreira de Alan Arkin, esse cuidadoso artífice. Ao lado, MASH, de novo a guerra pela ironia, o hospital da loucura e do desvario, envolvido em salvar vidas expostas sem propósito algum.

Qual é o propósito de Quentin Tarantino, desde o princípio, desde *Cães de Aluguel*? Para quem quiser ver, é o sangue, não o necessário, não o proposital, não o "como queríamos demonstrar". O finalístico. Tudo, em especial os discursos, chatíssimos, como os de *Os Oito Odiados*, brilhante, como o de Samuel Jackson em *Pulp fiction*, levam ao sangue, são antessalas, são atos premonitórios. Menos, talvez, nos *Kill Bill*, onde os litros, espontâneos e aos milhares, devem ter deixado todas as quitandas sem tomate por vários meses.

Eu não gosto disso, desse propósito, nem consigo ver o que veem nele tantos aficionados. É um grande gozador? Prefiro as sátiras acima citadas, acho-as muito mais bem costuradas. É um grande cineasta, que escolheu esse tema pela plasticidade das cabeças arrancadas, ou do homem negro a esvair-se em sangue pelas "partes pudendas", o que talvez fosse uma ironia considerável?

O que me fica de positivo é isso, o homem traz consigo, e sua obra, um enigma, que o salva, para mim, do completo descrédito. A ninguém parece óbvio qual é o propósito do seu trabalho. Que pode ser, sim, um modo de ganhar muito dinheiro. Nada contra, mas prefiro me lembrar de Machado de Assis, que disse ao comentar o livro de um seu confrade das letras: "Não exijais a minha comoção a troco de um equívoco".

Os clássicos o vento leva
(sobre *The Post*, de Steven Spielberg)

The Post é um ótimo filme, como o usual nas coisas que têm o dedo de Steven Spielberg.

Meryl Streep e Tom Hanks não precisam provar mais nada para ninguém; sua fama e suas estatuetas são incontroversas; são aqueles artistas que fazem filmes sozinhos; Hanks já fez isso em *Náufrago*, Streep em *A Escolha de Sofia*.

Justamente, por serem o que são no mundo do cinema, tenho a mais absoluta certeza de que estudam seus papéis (e os escolhem) com extremo cuidado, pesquisam semelhanças e diferenças, ensaiam gestos e entonações, ou seja, mais para as construções artesanais do que às tecnológicas.

Hanks me pareceu pintado pelo pincel de Max Schumacker, o papel de William Holden em *Rede de Intrigas*, de 1976, também um editor-chefe de mídia (TV, no caso), o cabelo copiado, o uso dos ternos e a postura em cena. Deve ter olhado para quem fez anteriormente o editor do *Post*, *Ben Bradlee*, ou seja, Jason Robards em *Todos os Homens do Presidente* (imbatível, inigualável, ganhou a estatueta de melhor ator coadjuvante). Achou, talvez, que o desafio era gigante, então optou por Holden, um mar da simplicidade.

Meryl Streep podia ter chupado um pouco do ar *blasé* de Faye Dunaway, no mesmo *Rede*, mas não há par romântico em *Post*, nem a heroína tem dilemas morais, ao contrário de Dunaway, que encarna à perfeição uma mulher ambiciosa e sem caráter, nada da dama que possuía aquele jornal por herança, e que não o queria ver morto, nem moral, nem civilmente.

O pecado, se existe algum, é o de Spielberg, em minha suburbana opinião: ele fez mais um filme de tantos. O próprio *Todos os Ho-*

mens... (um clássico irrepetível), de Alan J. Pakula, *Lobos e Cordeiros*, de Robert Redford – também com uma competente Meryl Streep –, e o vencedor do Oscar de 2016, *Spotlight*, de Tom MacCarthy. Ou seja, filmes sobre as relações perigosas e complicadas entre a grande mídia e o poder político, ora não publicando o que contesta ou derruba o poder, ora correndo os riscos – enormes – de arrostar a governança, que costuma ser implacável quando as publicações não resistem a todos os escrutínios sobre as verdades, ou mentiras, que acabaram de ser dadas a público.

Em todo o caso, no conjunto, é um ótimo filme a ser visto. Quando se juntam tantas competências, sempre sai algo que prende atenções, ilustra e diverte, não nas mesmas proporções, por certo. Se a ambição do criador era a excelência e a posteridade, realizar um projeto desses foi um risco calculado. Mas, dificilmente vai dar sono, ou, tragédia maior, fazer com que o espectador se levante e vá tomar um chope no bar da esquina. Os espectadores, por sinal, mudaram muito: na minha longínqua juventude, anos sessenta e setenta, muitos abacaxis aguentávamos até o final, porque eram filmes tipo "papo cabeça", obrigatórios para nós, falsos intelectuais. Nos dias de hoje, o barzinho, no lugar da chatice, é um dever moral.

A Coroa

As séries de televisão vieram para ficar.

Os puristas do cinema vão chorar rios. Não vai adiantar de nada, porque a dramaturgia e os roteiros são muito competentes, as sequências são bem estudadas e os elencos são à base do que há de melhor em atores e atrizes de qualquer país ou região. De quebra, o sistema de *streaming* é muito bom e em geral barato, e as séries seguem o mesmo destino de qualquer trabalho a ser vendido: umas fazem sucesso, outras não. Só isso.

Dentro das casas há outro pormenor: quando determinada série agrada, as pessoas costumam associar-se para assistir as sequências, e se criam parcerias que podem desfazer, ao menos em parte, o isolamento que os *smartphones* têm trazido (embora eu não queira entrar, ao menos agora, nessa polêmica).

Pois, espectador confesso, tive até agora as minhas preferências, como todo mundo, aliás, mas indo, no meu caso, do céu ao inferno. Exemplificando, vou de *Downton Abbey* a *Breaking Bad* com desenvoltura, da vida dos nobres bonzinhos, retratados em sua época à perfeição, à luta insana e amoral por um dinheiro sujo supostamente redentor da pobreza e da doença.

Better Call Saul, que saiu do ventre de *Breaking Bad* feito parto realizado a fórceps, tem um pouco de tudo, a riqueza algo suntuosa dos advogados, e as suas pretensões, e a definida ambiguidade do personagem, um profissional de porta de cadeia, que vive nos fundos de um instituto de beleza de imigrantes asiáticas, e que ora encontra o caminho da prosperidade, ora a atira com despudor na lata de lixo. Bob Odenkirk ponteando um elenco de fabulosos desconhecidos.

Mas, foi de novo na nobreza que encontrei algo que parece mais definitivo, *The Crown*. O sistema Netflix produziu essa série, dizem que a mais cara até o presente momento, dirigida por Stephen Daldry, de *As Horas*, quando Nicole Kidman representou a escritora Virginia Woolf com um nariz que não era o seu, aquele pontudinho, e assim mesmo ficou com o Oscar de melhor atriz.

Pois a Rainha Elisabeth II da Inglaterra, a jovem da primeira etapa de dez capítulos, é defendida por Claire Foy, uma estreante de líquidos olhos azuis, cujo personagem também estreava no trono britânico, ciceroneada pelo premier Winston Churchill, talvez o maior papel da brilhante carreira dramática de John Lithgow, um clássico.

Nada parece falhar: a recriação de época, as sequências históricas, o denso cenário do pós-guerra inglês, a abdicação do Rei Edward, a ascensão do Rei gago, as atribulações da desarvorada Família Real, e, em especial, a encenação do contraponto entre o patriotismo elevado do poder inglês imperial e das ambições pessoais por poder e "brilho", como a este se referem várias vezes as princesas – aliás, Vanessa Kirby, outra beldade, faz Margareth – e a Rainha-Mãe.

É difícil abandonar a poltrona e ir dormir; os capítulos voam e nada parece mais atraente do que imaginar as andanças do próximo. O mal, considerando que sempre pode existir, foi o pequeno número de capítulos, e a ânsia pela próxima temporada. Em dezembro, dizem. Tipo um presente de Natal, não de grego, mas de inglês até a raiz dos cabelos.

Woody Allen & Ludwig Van Beethoven

Goethe teria dito de Beethoven ser este "uma criatura indomável". Lembrei-me disso ao ler uma excelente entrevista de Woody Allen, não porque compare o cineasta americano ao gênio alemão, mas porque muitos, para não dizer todos, revestem seus julgamentos e seus gostos sobre os artistas de uma camada de preconceitos sobre o tipo de pessoa que estes deveriam ser.

Assim, Poe seria sorumbático, Balzac mentiroso e vigarista, Rodin egoísta e presunçoso, Picasso mulherengo insaciável, e assim por diante.

Isso importa? A rigor, nada. Quando nos ocorre o toque do verdadeiro artista, nenhuma consideração deveria ser feita sobre o ser da criação, até porque essas auras pessoais, muitas vezes inventadas ou supostas, nada mais são do que as idealizações que se fazem sobre quem nos sensibiliza com os ecos de seu trabalho, num reflexo que na maior parte das vezes encontra em nós o terreno fértil da apreciação artística, que é o sonho e o desespero dos que criam aquilo que mais desejam atingir no fundo de suas almas.

Woody Allen, um cineasta de obra absolutamente atual, talvez aquele que melhor retratou o homem urbano instruído, o metropolitano inquieto entre o desespero da existência e a busca do prazer, sofre de terríveis restrições preconceituosas, por conta de seu casamento com a enteada, que teria vindo como dupla aberração, a traição da mulher e a ignomínia da troca da mãe pela filha. No entanto, por mais que esse tipo de relacionamento, complicado e controvertido, cause estupefação, jamais me foi sugerida qualquer atitude desse tipo em um de seus filmes, apenas uma tênue justificativa para um divórcio nos personagens onde Mia Farrow parece tão eloquentemente aborrecida como pode ser em sua vida real. Os filmes, sinfonias jazzísticas de amor incondicional à cidade que tanto parece aprisionar seus personagens, são o que recebemos como espectadores, o produto, aquilo que, parido muitas vezes com inauditos esforços e sacrifícios, deveria ser para todos o único objeto de julgamento que o todo artista merece.

Allen tem reinventado atores para eles mesmos, na forma como interpretam e até mesmo nos limites que cada um julga ter em sua arte, e que o diretor trata de superar, vejam os casos de Michael Caine em "Hannah and her sisters"; vejam Bárbara Hershey, Diane Wiest, Melanie Griffith, até mesmo o quase insuperável Gene Hackmann contracenando com a deusa Gena Rowlands em *Another Woman* e, particularmente, vejam o que fez Allen com Kenneth Branagah em *Celebrities*, onde o inglês, curtido no melhor teatro shakespeareano, acaba imitando o próprio personagem que Allen costuma encarnar na maioria dos seus filmes, e à perfeição. Deveríamos, apesar disso e de tantas coisas mais que compõem seu talento e sua genialidade, pensar em que tipo de casamento mantém com Sohn Li?

E Beethoven? Deveria ser abandonado, porque, surdo, atarracado, de face bordada por cicatrizes de varíola, era em geral descrito como pouco gentil e de trato difícil, ao contrário de outros compositores, que brilharam em salões, granjeando fama e fortuna em vida, tão perfeitamente ajustados ao meio onde viveram? Woody Allen, para voltar a ele, satiriza essa ideia que aqui apresento quando um de seus personagens, Harry, saindo com a namorada, protagonizada por Diane Keaton, de um concerto de Wagner (em *Manhattan Murder Mystery*), declara solenemente:

– Sempre que ouço a música desse cara, fico com vontade de invadir a Polônia.

You must remember this
(sobre *Casablanca*, de Michael Curtiz)

Ilsa Lund e Rick Blaine foram os protagonistas daquele que talvez seja o mais famoso romance do cinema, em *Casablanca*, filme de Michael Curtiz, de 1942. Mas não explicitamente, não que tenham expressado sua paixão beijando-se ardentemente diante das câmeras, pelo contrário. Ao início, num reencontro, ao espectador é apenas sugerido que alguma coisa deve ter existido entre os dois, e de modo extremamente intenso. Mas se a profundidade do sofrimento e depois a nobreza da renúncia de Rick ficam bem evidentes na refinada interpretação de Bogart, são os olhos de Ilse o que mais cativa quem lhes assiste, que os prende numa teia que leva a Paris, ao seu prévio e presumivelmente vigoroso romance. Ingrid Bergmann encontrou em Ilsa Lund a personagem que a marcaria – no bom sentido – para sempre, naquele que é um dos maiores papéis femininos do cinema americano, não de uma mulher que reage à bala ao matador de sua filha, ou à detetive que enfrenta com bravura e inteligência o canibal que a tantos aterrorizou mundo afora. Dessa vez, o destaque feminino se dá pela suavidade, pela passividade intensa, pela postura de objeto de intensa paixão, que põe em disputa dois homens, o nobre Rick, que renuncia aos desejos que parecem consumi-lo por um bem maior, e o indiferente Vitor Lazlo, aparentemente à margem das labaredas que lhe passam quase ao lado. Roger Ebert, de Chicago, disse a propósito que a confusão emocional na presença de um homem que ama sempre foi uma das maiores qualidades de Bergmann como atriz.

Ingrid Bergmann, uma sueca descoberta e contratada em 1939 por David Selznick, que a levou para Hollywood, teve duas fases em sua carreira, mediadas por um escândalo. Até 1949, casada com o Dr. Peter Lindstrom, alinhou sucessos, como *For Whom the Bells Tolls* (1943), com Gary Cooper (baseado no livro de Hemingway), e *Gaslight* (1944), com Charles Boyer, pelo qual ganhou seu primeiro Oscar.

Mas, em 1949, La Bergmann separa-se do marido e o troca pelo diretor italiano Roberto Rosselini, e essa simples atitude amorosa, corriqueira e banal nos dias que correm, foi o gatilho de um escândalo que quase liquidou com sua carreira americana, recuperada mais tarde, com seu triunfante retorno a Hollywood em 1956, quando amealhou sua segunda estatueta por *Anastasia*.

Ingrid Bergmann ainda teve outras realizações em sua vida artística, o que incluiu um terceiro Oscar como atriz coadjuvante em *Murder on the Orient Express* (1974) antes que fosse colhida pelo câncer, contra o qual lutou por vários anos, tendo finalmente sucumbido em 29 de agosto de 1982.

Para os que a admiram como atriz, apesar de tão rica carreira e de tal lição de coragem e desprendimento ao enfrentar e vencer o *establishment* moral pesado dos anos 40 e 50, o que mais fica é *Casablanca*, marcadamente na cena em que Sam (Dooley Wilson), desobedecendo ao patrão Rick, começa a entoar a tão famosa canção (*As Times Goes by*) pela frase "you must remember this...", e as câmeras viram-se para aqueles olhos, úmidos, intensos, meditativos, que pela ordem natural das coisas não poderiam ter sido fechados jamais.

Iñarritu

Alejandro Iñarritu apresentou o filme *Babel* em 2006, e provocou tantos espantos na terra dos Oscar (foi indicado como melhor diretor, mas ganhou só em Cannes – que não é pouco) que, logo depois, em 2007, o gringo mais gringo Robert Redford o segue de modo quase escandaloso em sua técnica de criação, com o filme *Lyons for Lambs*, de 2007.

Mexicano de apenas 42 anos, pele morena de não deixar dúvidas quanto às suas origens índio-latinas, tinha tudo para passar despercebido, ou para lutar durante muitos anos até ter a chance de um filme B com elenco limitadíssimo.

Em contraponto a isso, ganha esses presentes em seu elenco: Brad Pitt e Cate Blanchett, como se fosse um anglo-saxão consagrado, um James Cameron, um Ron Howard.

O que fez Iñarritu em *Babel*? Pois inventou uma sequência em que personagens e histórias aparentemente desconexas, ou muito remotamente conexas, se desenvolvem num paralelo alucinante: a menina japonesa mergulhada nas torturas da adolescência numa metrópole esmagadora, a mexicana às voltas com a grosseria dos gringos nas zonas de fronteira e o casal em crise, numa viagem a zonas ermas e totalmente exóticas, onde experimentam o sofrimento da carência extrema e a incrível benesse da solidariedade.

Na verdade, há tênues pontos de convergência: o fuzil que fere a americana tinha sido doado ao afegão pelo pai da menina japonesa e o casal em desespero tinha a mulher mexicana como babá de seus filhos.

Nada disso se assemelha a algo que tenha visto, poucas vezes: também senti um tal impacto nas situações criadas em cada uma das histórias – com destaque absoluto para a cena da mulher mexicana no deserto com as duas crianças, algo que impulsiona o espectador a olhar para o lado, ou até para sair do cinema, não como costumeiramente, pela ruindade, mas pelo extremo desconforto que a cena provoca – sem arroubos de violência, nenhum explosivo e nenhuma caveira exposta ao espectador.

Tinha começado desse modo a sua carreira, primeiro em *Amores Perros*, depois em *21 Gramas*, já então com os estúdios e com outra dupla de alto coturno, Sean Penn e Naomi Wats, com Benício del Toro de lambuja, ambos com essa mesma estrutura, as coisas que aparentemente correm em paralelo, os tênues pontos de contato.

Em *Lyons for Lambs*, Redford cai no mesmo trilho: o professor que trata de salvar o talentoso aluno desgarrado pelo desinteresse geral, o senador a cooptar uma jornalista respeitada para a recuperação da imagem do governo, desgastada pelas guerras mais recentes, e os dois soldados das minorias, o negro e o latino, na dura opção entre as dívidas com a pátria e as dificuldades que lhes são inerentes em ter uma formação intelectual e um futuro diferente de seus parentes.

Tudo é dureza, na linguagem de Iñarritu. A morte e a vida, os compromissos e as renúncias. Não há recreio, não existem as brisas para aplacar o calor, nem comida para matar a fome. O sofrimento se expõe, a dor é quase sentida e compartilhada, os epílogos apenas apontam para algum alívio ou para fugazes remissões.

Não acho que seja alguma revolução. É apenas algo novo e intrigante. Diferente, a quilômetros de distância, do que Hollywood vem produzindo há 20 anos, essa mesmice caturra, essa falta quase constante de criatividade e engenho cinematográfico, que nos deram chatices memoráveis e inumeráveis *E o Vento Levou*.

Um artista e suas repetições

Joseph Heller andou até pelos gregos para achar um jeito de contar a história de sua maturidade – ou decadência – como escritor, e depois enrolou e enrolou com várias tentativas de achar um meio de colocar um desfecho em sua vida literária, desde que não fosse um livrinho qualquer, a não ser levado a sério por ninguém. "Remanchou" muito, para usar esta expressão que só ouvi de minha mãe, buscou várias formas de contar o seu declínio, que afinal fez parte de uma publicação póstuma, com o título de *Retrato do Artista Quando Velho*, livro veio à luz em 2000, um ano depois de sua morte, e sabe-se lá se ele teria aprovado isso ou se era um mero exercício do quase inevitável marasmo que acompanha a velhice, comece essa etapa quando tenha que começar, para cada um de nós.

Nessas páginas de enrolação ele buscava definições para sua última obra, temas, tamanhos, formatos, meios de chegar à lista dos mais vendidos, às críticas bombasticamente elogiáveis, aos prêmios literários e, é claro, às telas em Hollywood. Isso se quisermos acreditar que aquela mente sarcástica e detalhista seria capaz de reflexões desse tipo sem que fossem na forma de uma crítica absolutamente irônica e demolidora com os escritores em geral, do modo como fizera com os militares e seus símbolos de poder e guerra em *Ardil 22*, publicado em 1961, esse o livro que mais li, no sentido das repetições e no do entendimento de seus muitos significados.

Eugene Pota, o escritor em crise e decadência, em nada sugere o inepto Bob Slocum de *Alguma Coisa Mudou*, de 1966, o homem que contemplava a sua vida como um assistente privilegiado, sem entender nenhum de seus desfechos, sem qualificar os seus afetos e realizações, essas quase que colocadas na mesma prateleira onde alinhava os fracassos, todos encarados como obra de um acaso que ele absolutamente ignorava em suas nuances.

Em 1994, Heller recriou *Ardil 22*, a partir de seus personagens principais, com *A Hora Final*, depois de terem decorrido trinta e três anos da publicação da sua obra mais importante.

Heller foi para mim, leitor, um muralista como aqueles pintores mexicanos geniais: Orozco, Siqueiros, Rivera, alguém que desenhava imensos painéis com um tema, imagens em grande profusão, aparentemente desconexas mas não, e perfeccionista nos pequenos detalhes, que podiam ser vistos um a um, ou loucamente, para quem tentava desde o início ver o conjunto e entendê-lo em sua composição.

Ardil 22, como máximo exemplo, é construído personagem a personagem, dentro da ideia geral de que a guerra é um estado de pura loucura, e onde a sanidade do ser humano consiste em fugir dela por todos os meios, lícitos e ilícitos, sendo que a loucura maior consiste em aderir a ela por algum sentido desvairado de dever.

Nesse sentido, Yossarian representa a expressão do homem sadio, e desacreditado, numa instituição cujo bem maior é a obediência cega que vai até a entrega da própria vida, de uma forma absolutamente sem sentido, já que sem a mínima consciência do que sejam as causas dessa rendição total, muitas vezes mascaradas nas pantomimas montadas pelos generais, "bufonizados" por Heller de maneira genial.

Sobra para os empreendedores e sua ética, com Milo Mirdenbinder, o oficial de rancho que transforma o restaurante da caserna numa grande empresa, e que num determinado momento negocia inclusive com os alemães e contrata um bombardeio contra seu próprio campo de pouso, tarefa na qual os pilotos se empenham mais uma vez sem perguntar por quê, para a absoluta indignação de Yossarian, no cinema vivido por uma das melhores escolhas de ator que tenha visto, o incontido Alan Arkin.

De todo modo, o *Retrato do artista quando velho* é um Heller legítimo, e, sem nenhuma dúvida, não se há de exigir de um escritor, de qualquer um, que se repita eternamente em qualidade, como se não aceitássemos nos homens as culminâncias na forma de momentos especiais, íntimos, mágicos, por isso mesmo tão infelizmente raros quanto afortunadamente inesquecíveis.

Tom Ford
(sobre *A Single Man*, de Tom Ford)

Tom Ford é muito conhecido no mundo inteiro. Por ser um criador de moda e por viver há muitos anos com outro homem, quase tão famoso como ele.

É um rei da moda, com longa folha de sucessos nessa área.

De repente, em 2009, escreve para a tela (baseado num romance de Christopher Isherwood) e dirige um filme absolutamente admirável, *A Single Man* (título que passa à lista dos mutilados na tradução brasileira, como O Direito de Amar).

Um elenco irrepreensível, a começar por Colin Firth, inglês acostumado com romances açucarados e comédias, transfigurado em personagem de alta dramaticidade, e Julianne Moore, essa já calcada em dramas de alto coturno.

George Falconer, um professor de Inglês que vive nos EUA, perde num acidente de automóvel a seu companheiro de muitos anos, Jim (vivido por Matthew Goode, em ponto não tão alto como os demais).

A partir daí Ford trata de fazer uma pungente reflexão sobre a vida daqueles que passam a conviver mais de perto com a morte, em particular a que nos tira aquilo que mais nos une ao mundo dos vivos, os afetos e as sensações que esses nos proporcionam.

A introspecção conseguida com Firth, desde aí, é tão grande, que seu rosto, de hábito carregado daquele costumeiro ar indiferente dos britânicos, parece transfigurado, envolvendo de um caráter trágico todas as ações corriqueiras que passa a efetuar em uma refletida e estudada decisão pela própria morte.

Toda essa carga dramática vem embrulhada na música tocante do polonês Abel Korzeniowski, que não deixa, em nenhum momento, ao esquecimento do espectador as sensações que todo o roteiro e interpretações sugerem, o que é tão próprio dos homens, como o prazer, e a dor das perdas e da morte.

Depois de uma carreira tão marcante em área bem diversa, Tom Ford nos mostra como a multiplicidade dos talentos é inesgotável. Ainda bem.

Le Carré e a ideia de nação
(sobre *Tinker, Taylor, Soldier, Spy*, de Tomas Alfredson)

Jim Prideaux foi baleado em Brno, na Checoeslováquia, numa floresta, e não em uma cafeteria de Budapeste, Hungria. Bill Haydon foi assassinado por Prideaux, um ato inverossímil, em sua cela superprotegida, no momento em que era mais vigiado que a Rainha Elisabeth II.

Afora essas incorreções, o filme *O Espião que Sabia Demais*, baseado em John Le Carré, é uma excelente obra cinematográfica, que recria os ambientes lúgubres do Circus, o centro de espionagem britânico da Guerra Fria, num período em que se alternavam a euforia de abrigarem um espião russo de alto gabarito, que estaria a revelar altos segredos soviéticos, com o sentimento de decadência e morte de uma organização onde se engastava um traidor nos mais altos escalões, um deles: *Tinker, Tailor, Soldier, Spy*, o título que, se traduzido fielmente, muito acrescentaria, ao invés dessa mania brasileira de desfigurar o direito dos criadores em denominar com coerência as suas obras.

O centro da trama, contudo, é, a meu ver, o sentimento de patriotismo, refletido em George Smiley – representado por Gary Oldman, uma escolha aparentemente equivocada, que se compensou com a sua soberba atuação – e em Karla, o grande espião russo, que tendo a única oportunidade de bandear-se para o Ocidente quando era visível a sua derrocada na Rússia e a morte quase certa por fuzilamento, preferiu correr esse risco, pela ideologia que abraçava e pela mãe-pátria, esse conceito absolutamente abstrato e absurdo em um contexto como o que vivemos em nosso jovem país, um deserto de genuínos sentimentos nacionais.

Os realizadores optaram por esconder Ann Smiley, até mesmo o seu rosto, a esposa aristocrata de Smiley, outro ponto central da trama, que, no auge de uma crise internacional sem precedentes, se achava nos braços do amante, Haydon (vivido por Colin Firth, uma escolha certa que deu errado), o espião a serviço da KGB, e que se casara com o desajeitado, atarracado e fisicamente inexpressivo personagem, justamente porque via nele a representação de uma geração de homens brilhantes que dedicavam suas vidas a essa ideia de fidelidade à nação, como um conceito sociopolítico que exigia homens especiais para sacrifícios inomináveis.

Várias fontes manifestaram-se sobre Le Carré, sua obra literária, e o que veio a ser filmado: *O Espião que Saiu do Frio, O Alfaiate do Panamá, A Casa da Rússia* e *O Jardineiro Fiel*, este último do brasileiro Fernando Meireles. Como seu leitor assíduo, sempre achei que *O Espião que Sabia Demais* era o mais cinematográfico de seus livros, o que veio a comprovar-se, apesar de alguns tropeços, que se vejo eu, apreciador, não deve tê-los visto o próprio autor, que figura nos créditos do filme como produtor executivo.

Claro, há Richard Burton, e outra história magnífica, da Alemanha dividida, o frio que mantinha prisioneiro mais um patriota em sua saga sem salvação. Mas ainda assim, o filme atual ganhou na recriação dos cenários do Circus, na excelente música incidental, e em Oldman, quem diria, envelhecido, circunspecto e absolutamente brilhante.

Como pósfacio, restam-nos as obras de Le Carré de depois da Guerra Fria, uma era a que seus escritos poderiam não ter resistido. Rezemos que, de tempos em tempos, continuem os estúdios a produzi-los, para a alegria dos leitores, ao menos daqueles que gostam de boas adaptações dos livros para a sétima arte.

Tom Courteney, o mais fiel camareiro

Tom Courteney está vivo, hoje com 84 anos. Albert Finney faleceu em 2019. Deles, juntos, tenho comigo a lembrança do fiel camareiro, *The Dresser*, um filme inglês de 1983, dirigido por Peter Yates, do esforço descomunal, do suor e das lágrimas que se faziam necessários para que pudessem transpor aquele imenso e dificultoso rubicão, a véspera e o dia de uma estreia shakespereana. Eram, em cena, Courteney, aliás Norman, o camareiro insuperável, astuto, incansável, invencionista e, acima de tudo, profundo conhecedor de todos os textos e nuances que cabiam ao mestre representar, e Finney, o cavalheiro-ator, fraco, infantil, velhaco, completamente ignorante de tudo o que significava aquela presença em sua vida, mais importante que o ar que respirava.

Lembro-me bem de Finney olhar-se no espelho enquanto se maquiava, a ganir pelos textos esquecidos, que aqui e ali lhe vinham aos pedaços, Lear, Richard III, Hamlet, ao que Courteney replicava:

Wrong king master, wrong play!

E lá iam eles a navegar, até que o ator era praticamente depositado ao lado do palco, as falas iniciais sussurradas ao ouvido, Cordélia alçada em seus braços na hora em que desfalecia mortalmente, tudo pelos préstimos do camareiro, que parecia jamais repousar.

A Academia de Hollywood acabou por não lhe conceder mais do que uma indicação para a estatueta, digo, a Courteney, embora previsivelmente Albert Finney devesse ser o mais votado pelos acadêmicos, que devem adorar aquela exuberância toda, ao mesmo tempo em que devem ter recebido a introspecção e a genialidade de Courteney quase como uma ofensa, naquela testa quase sempre suada, o tom esganiçado da voz e aquele caminhar de um efeminado altivo, quase como se procurasse demonstrar o mais absoluto desprezo pelo restante da humanidade sofredora. Ganhou Robert Duvall, por *Tender Mercies*, filme no qual o ator americano passa todo o tempo com a cara de quem aguarda a sua próxima dose de Prozac, que não chega jamais, aliás, a mesmíssima que usou em inúmeros filmes a seguir.

O filme de Yates, dos raros em que não se podem encontrar momentos menores, flui como o faria uma balsa no próprio Tâmisa, repleta de atores absolutamente ajustados, a bilheteira, os atores coadjuvantes tristonhos e decadentes – exceto pelo ambicioso Oxenby –, a velha musa que Finney encara como se dividisse o leito com o próprio demônio, e o fantasma dos velhos teatros, repletos daquela atmosfera sempre beirando o fracasso e o desastre, uma queda, um bloqueio mental absoluto, uma vaia estrepitosa, sem falar no mal maior da plateia completamente vazia, do olvido daquela arte tão escandalosamente amada.

Roger Ebert, um crítico de Chicago, ao apreciar o filme, fala dos facilitadores e dos facilitados, o mito dos sacrificados e dos egomaníacos, os primeiros muitas vezes estimulando a insegurança dos facilitados, quem sabe julgando-se os verdadeiros artistas por trás das cortinas, aqueles para quem as palmas secretamente se dirigiriam. Norman-Courteney poderia se encaixar nesse perfil, na forma como deixa entrever seu desprezo pelas fraquezas do mestre, e nas caricaturas com que reage aos seus amuos, se quiséssemos desconsiderar tudo aquilo que obviamente representava, a mão que liberava as asas prisioneiras para o voo, os braços que seguravam as quedas antes que elas ocorressem.

Na morte do mestre, no achado de um trecho escrito de suas memórias, Norman-Courteney executa seu magistral voo solo, quando se dá conta daquela cegueira de dimensões amazônicas, do estado virtual em que viveu toda a sua coadjuvância inspiradora, quando não é sequer citado entre os maquinistas, os eletricistas do teatro, os que costuravam as indumentárias, os mais insignificantes protagonistas, quando sequer é citado, até a última linha, apesar de ter representado tudo para o ator e para o teatro, ele talvez simbolizando o próprio teatro, a extrema habilidade de iludir, a inigualável capacidade de transpor os limites do cotidiano e levar a audiência consigo na direção dos grandes feitos, da profundidade do ódio, dos extremos da paixão e da ambição, mesmo quando as cortinas se gastam, as mãos tanto pesam para os gestos e as paredes transpiram uma umidade viciosa.

Pauline Kael, a feroz crítica americana, elogiou o filme, o que já é muito para a sua severidade, mas achou que Courteney esteve muito ensaiado – o que talvez signifique competente demais – e "ressequido", ao contrário de Finney, "suculento, com uma voz de trovão e uma magnífica falsa humildade", se é que a consegui traduzir a contento. Ela é, como disse, feroz, e não me faz arredar das impressões que tive, até porque como espectador sempre achei que os críticos teimam em ver o que ninguém vê, ou em não ver o que está claro para todo mundo.

Tom Courteney – depois disso fez alguns outros filmes, com destaque para *Quartet*, na excelente companhia de Maggie Smith, Bill Connoly e Pauline Collins – é daqueles atores que, se teve uma curta carreira no cinema, devemos agradecer que não o tenham deturpado em alguns daqueles terríveis papéis destinados a grandes atores envelhecidos. Devemos dar graças que o tenhamos na memória pelo camareiro devotado, que o reverenciemos por isso, bem ao contrário do velhaco que tanto desgosto lhe causou com seu perverso esquecimento.

P.S.: Em 2001, Elisabeth II da Inglaterra tornou a Tom Courteney OBE (Officer of the Order of the British Empire), passando ele a chamar-se Sir Thomas Daniel Courtenay, um tributo a 40 anos de dedicação às artes cênicas. Muito, por tudo o que fez no teatro, sua verdadeira casa, mas algo pela genial criação de um personagem do cinema, ao menos no coração deste devotado fã cinematográfico.

Tradutores traidores

É difícil traduzir a expressão *Hurt Locker*, o título do filme vencedor do Oscar 2010. Algo como um lugar onde se guardam as feridas. Mas, certamente, nenhuma relação disso com *Guerra ao Terror*, a mais uma vez ultrajante usurpação do direito dos autores em não serem mutilados pelos títulos pespegados pelos tradutores brasileiros.

A história do cinema americano visto por nós, cucarachas, está repleta dessas mutilações, cometidas não sei por quem, e, a meu ver, absolutamente sem razão de ser, uma vez que a diferença de idiomas não obriga a que se encontrem melhores modos de entender a intenção dos títulos, e muito se ganharia em traduzi-los o mais literalmente possível.

Vamos a alguns exemplos, recentes e antigos:

Nas mais módicas transfigurações, *The Informant* virou *O Desinformante*, *Ocean's Eleven* ficou como *Onze Homens e um Segredo*, *Cast Away*, simploriamente virou *O Náufrago* e *Good Will Hunting* ficou *O Gênio Indomável*.

Mas, não esqueçamos que o faroeste *spaghetti Wanted* virou *Wanted, o Procurado*, *Giant* virou *Assim Caminha a Humanidade*, *The Graduated* foi tascado com *A Primeira Noite de um Homem*, e nenhum deles tinha a menor dificuldade em conservar o título original traduzido, como quereriam seus detentores.

Porque insiste alguma instância pública brasileira em cometer essas barbaridades? Que vantagens tiram disso os espectadores?

O prazer do ridículo, pode alguém pensar. E de fato, numa das gafes bem antigas, *The Fox* (1967), as figuras lascaram *Apenas uma Mulher*, e olha que eram duas mulheres em cena, Sandy Dennis e Anne Heywood. O que diriam as atrizes e o diretor se conhecessem a nossa "interpretação" cabocla?

Nossos irmãos portugueses são mais cuidadosos: *The Wild Bunch* por lá foi chamado de *O Bando Selvagem*, mas o tradutor tupiniquim aplicou *Meu Ódio Será Tua Herança*, sem que William Holden ou qualquer de seus companheiros pensassem em transmitir seu ódio para quem quer que seja.

Dustin Hoffman e Jon Voight estrelaram o magnífico *Midnight Cowboy*, porque o autor entendeu que a história toda era centrada no texano que viera para a grande cidade viver à custa de prostituição, ou seja, ele queria que o *cowboy* desse título ao filme. Pois nosso sábio tradutor tacou-lhe *Perdidos na Noite*; nem era mais o personagem central que denominava o filme, e nem mais era à meia-noite.

Resumindo: em nome da liberdade criadora dos artistas que fazem o cinema, esses sabichões deveriam ser proibidos de "interpretar" os títulos para o idioma português. Para eles a única coisa que cabe é: "Xô, xô, traidores!"

Os narizes do Matt Damon

O Matt Damon, um jovem e talentoso ator do cinema americano, que começou em parceria com o Ben Affleck no filme *Good Will Hunting* (que ambos escreveram), teve o seu nariz alterado duas vezes pelo diretor Steven Soderbergh, em *The Informant* e em *Ocean's Eleven*, com uns apliques cujos resultados achei grotescos e despropositados.

Parece, então, que esse diretor o julga apto para os papéis, mas não o seu nariz.

Como Damon é um ator consagrado, intuo que ele gostou mais desses projetos do que do próprio nariz, mas nenhum dos citados filmes é, a meu juízo, de modo a fazer alguém renunciar a tão importante atributo facial (que os estetas consideram o centro da face, aquilo que mais define a aparência de uma pessoa).

Todos vocês, claro, vão me dizer que os dólares devem ter sido muito convincentes, o que é quase indesmentível. Mas tem mais:

Marlon Brando ainda não era tão gordo em *Apocalypse Now*, e deve ter ganho algo como vinte quilogramas para fazê-lo, quase o mesmo que De Niro em *The Raging Bull*, quilos que perdeu depois do filme e recuperou, na vida real, mas esses sim eram dois fabulosos projetos.

Tom Hanks ganhou e perdeu uma enormidade de peso para *Cast Away*, ora era um bem-sucedido funcionário da Federal Express, ora o único habitante de uma ilha, numa dieta de peixe e coco que durou alguns anos.

A maravilhosa Charlise Theron tornou-se um monstro de feiúra e obesidade para fazer *Monster* e faturar um Oscar, e aquela silhueta bamboleante, na noite da premiação, mais o vestido que revelava até as suas mais secretas curvas, quase que desmentiam a protagonista, mas, enfim, a arte é também para isso, as ilusões que fogem completamente da verdade.

Desses, e de muitos outros exemplos de transfiguração, voltam-nos à memória também os artistas não transfiguráveis, os maus que devem ser maus na vida real, os cretinos que devem ser cretinos, os bêbados que devem ser bêbados, e os sátiros, particularmente o fabuloso Jack Nicholson, que não deve ser nada diferente do que é nas telas.

Numa definição do que seja um "canastrão", o grande jornalista e crítico de teatro e cinema Paulo Francis disse, em um de seus livros, *O Afeto que se Encerra*, que se trata de alguém que sempre representa a si mesmo. Como uma maioria de políticos, digo eu.

O sexo de sutiã

Num momento crucial de certo filme, num arroubo de paixão, o casal para lá de excitado se joga ao leito para a consumação do ato e a câmara focaliza aquela linda mulher – que poderia ser a Júlia Roberts, Cate Blanchett ou Catherine Zeta-Jones – de sutiã. O galã, coitado, que conseguiu a façanha de levar aquela beldade inconquistável para a cama, terá que se conformar com a anacrônica peça de tecido, que por mais fina e transparente, jamais vai deixar de ser isso mesmo, um anacronismo, o equivalente de um homem a copular de camiseta de física e meias, eventualmente com um elegante elástico.

Pois parece que os contratos dessas moças, às vezes de dezenas de milhões de dólares, rezam isso, por exemplo: "A contratada jamais exibirá para as câmaras diretamente os seios, somente em visão oblíqua, à penumbra, sem que o ator contracenante os toque e sem que jamais seja visível, mesmo de relance, a aréola mamária, obrigando-se a contratante a indenizar a contratada pelo dobro da remuneração do filme em questão, se inadvertidamente alguma dessas situações vier a ocorrer".

Então, assim caminha a humanidade – como o brilhante título nacional para o *Giant*, de George Stevens, de 1956 – e o sexo no cinema, trinta e quatro anos depois que magotes de tarados porto-alegrenses viajavam a Montevidéu para ver Marlon Brando besuntar Maria Schneider com manteiga em determinada porção da anatomia, para a execução de determinado ato, a que, diga-se, a ditadura militar achava que os jovens brasileiros não podiam assistir, sob pena de uma avassaladora invasão do amor livre, coisa mais temida que os comunistas ou a tomada do Brasil pelo exército argentino. Essa que, a propósito, se evitou inteligentemente com a manutenção de trilhos antiquados, que não deixariam os modernos trens dos hermanos adentrarem ao torrão pátrio nem progredirem os transportes, uma vez que logo viriam os aviões e a ANAC, e todos estariam a salvo em nosso futuro radioso. Que é hoje, *by the way*, e não por acaso, talvez, o ministro da defesa, civil, anda namorando uns uniformes maneiros...

Assim, no século vinte e um, as moças mais lindas do mundo transam cobrindo a sua anatomia mais excitante, e os filmes que elas protagonizam tem esse mesmo pendor, parece que a gente está a lamber balas de coco sem tirar o papel, ou a adivinhar a beleza das moças só pelo contorno dos tornozelos.

Os grandes estúdios parecem orientar-se por pesquisas sobre o gosto popular, que pede meninozinhos magos, bruxos ensandecidos, corpos detalhadamente comidos por vermes, a destruição de quatrocentos automóveis em um filme, mais alguns aviões, edifícios e recentemente três a quatro grandes cidades, neste último caso, perpetrada a megadestruição por um cara só, norte-americano, bem entendido, que sai da refrega com não mais do que três ou quatro arranhões, superficiais, só na base do mercurocromo. Mas peitos na transa, ó, nem pensar.

E quem gosta de cinema com peitões (e pernas, e coxas e tudo o mais), como é que fica? E quem também acha paupérrimos os pornôs, caricatos e estúpidos, e esperaria um cinema o mais parecido possível com os seres humanos reais, seus dramas, suas paixões e suas inconformidades – entre elas a objeção a um cinismo moral que beira dois séculos de atraso?

Assim mesmo, amantes do cinema e do tal de mercado, na falta do que ver com alguma emoção, muitos de nós nos curvamos à insônia na mágica noite dos Oscars, talvez na vã esperança de que algum costureiro mais ousado coloque algum daqueles pares magníficos mais à vista, num decote tão profundo que seja capaz de reverter sozinho essa patetice secular.

Queixos e lábios hollywoodianos

Observar bons e maus atores é a maior obrigação dos cinéfilos.

Concentração, profundidade de gestos e olhares, emoção, jocosidade, só para citar algumas características, isso é o que se faz assistindo a um filme, muitas vezes sem que sequer tenhamos consciência disso.

Já se falou sobre narizes, que é uma estrutura mais estática, mas o queixo e os lábios são móveis, e por isso mesmo têm mais possibilidade de provocar emotividade e expressão.

Ultimamente alguns casos alarmaram os espectadores.

Vamos por partes: Jeff Bridges, oscarizado e tudo, por *Crazy Heart*, um excelente ator (vejam *O Grande Lebowski*, por exemplo), está com sérios problemas sobre como colocar seu queixo em cena. Abre e fecha a boca, projeta e retrai o queixo a toda hora, até que impressiona quem o assiste, e se fica a desejar que ele encontre, de uma vez, a posição que lhe pareça melhor.

Na série do *streaming* Prime, *The First Ladies*, magnífica, estão três enormes atrizes: Michelle Pfeiffer, Viola Davis e Gillian Andersen. Esta última luta com o queixo em absoluto descontrole, e o franzimento do lábio superior, uma coisa angustiante, que transfigura o rosto da atriz, difícil de entender que ninguém, nessas enormes *entourages* de um set de filmagens, tivesse percebido como é um efeito para lá de ruim. Viola Davis, por seu turno, magnífica em desempenhos anteriores (oscarizada no estupendo *Fences*, onde Denzel Washington perdeu no *photochart* para Casey Affleck a estatueta de Melhor Ator), nunca franziu de modo constante o lábio superior, e deu de fazê-lo exageradamente no papel da Sra. Obama – que nunca apareceu desse modo, em qualquer de suas aparições e discursos. Em *Fences*, repleto de emoções, tristezas e desespero, nunca aquele trejeito exagerado, por que agora? Efeito Salão Oval?

Maura Tiernay (que surgiu graças à Abby Lockard da série *Emergency Room*, que lançou George Clooney) é outro exemplo de instabilidade labial. Seu lábio superior como que flutua em sua boca, e ela projeta esse desconforto, de fácil leitura para quem a vê; em algumas situações se fica com o desejo de ter a voz do diretor, e dizer: "Corta!" E logo em seguida, aconselhar: "Querida, mantém quietinha a tua boca, ao menos quando não estás rindo nem chorando".

De qualquer modo, se diz que o rosto é a expressão da alma, e a imagem do cinema deve fugir como o diabo da cruz dos trejeitos exagerados e sem sentido cênico.

Audrey Hepburn:
de onde veio a harmonia

Audrey Hepburn é um símbolo no cinema jamais superado. No que se refere à classe e à elegância, bens pouco apreciados nestes tempos ruins, mas também quanto à comovedora beleza de seus traços, e seu modo de mover-se, quando o corpo parece, mais que tudo, flutuar.

Em 1954 filmou, em Roma, quase tudo em tomadas de rua, o premiado *Roman Holiday*, terrivelmente traduzido para *A Princesa e o Plebeu*, com Gregory Peck em contraponto, ele que só veio depois de terem pensado em Cary Grant, o do famoso olhar *blasé*, que acho não teria funcionado mesmo.

Esse filme, produzido e dirigido por William Wyler, um diretor de grande prestígio em Hollywood, foi roteirizado por Dalton Trumbo, naqueles dias proscrito pelas listas negras da era macartista, de tal modo que um testa de ferro assinou o roteiro nos créditos. Anos depois veio a reposição histórica.

Apesar da história de fadas, da previsibilidade do desfecho e da atuação apenas correta do elenco, o filme ganhou o Oscar de roteiro (que Trumbo só recebeu de fato anos depois), e Audrey o de Melhor Atriz (mais o BASF e o Globo de Ouro), quando era uma estrela iniciante, num papel que, em sua trajetória, certamente não foi o mais destacado.

Da Fontana di Trevi ao Coliseu, naquelas andanças todas, com direito a banho forçado no Rio Tibre, com as câmeras por detrás, em algum momento dizem os fofoqueiros que Mr. Peck teria sido fulminado pelo raio do amor, por aquela que vivia uma princesa disfarçada, quando era de fato uma princesa, que, depois, os anos e a sua vida vieram a coroar. Para tédio dos alcoviteiros, recém-divorciado,

Peck apaixonou-se, sim, mas por Veronique Passani, uma francesa que conheceu durante as filmagens, e com quem permaneceu casado até sua morte.

Audrey era o sonho de quase todos os grandes costureiros da época, mas foi Givenchy quem a conquistou, desenhando tudo o que vestiu depois da fama. Eram tantas essas impressões sobre ela, que Mary Quant chamou-a de "a mulher mais elegante que já viveu".

Claro, sua história no cinema ficou marcada em definitivo por *Breakfast at Tiffany's*. Baseado numa história de Truman Capote, teve roteiro de George Axelrod e direção de Blake Edwars, uma casta de celebridades, de quebra com trilha musical de Henry Mancini e Johnny Mercer, cuja canção *Moon River*, não só ganhou o Oscar, como celebrizou-se em sua magia, e habita até hoje corações no mundo inteiro, mais ainda com a interpretação de Judy Garland, que Audrey não era de fato uma cantora, tanto que depois, em *My Fair Lady* foi dublada em boa parte das músicas.

Holly Golightly, aquela estouvada garota, doida e irresponsável, acabou por encantar a todos, no dizer do New York Times "... genuinamente charmosa, um duende desamparado, a ser acreditado e adorado quando visto". O filme foi apreciado imensamente, tendo o seu pôster-símbolo, com o vestido preto (leiloado em 2006 por 561 mil dólares, 1 milhão e meio hoje), os óculos escuros, os colares e a piteira, se tornado um dos símbolos do cinema norte-americano do século vinte. Em 2012 foi selecionado para preservação pelo National Film Registry no acervo da Library of Congress, como sendo cultural, histórica e esteticamente significativo.

Indicada como Melhor Atriz, não ganhou a estatueta, ganhou-a Sophia Loren, por *Two Women*, um papel dramático de tirar o fôlego, mas saiu dele com todas as possibilidades e potencialidades que fizeram sua carreira. Depois de *Breakfast*, em 1961, fez mais dez filmes, com destaque para *Charade*, quando finalmente contracenou com Cary Grant, *War and Peace*, uma Natasha Rostov irrepetível, e *My Fair Lady*, no papel de Elisa Doollitle. Em 1989 fez seu último filme. Antes, e depois disso, dedicou-se muito à sua outra paixão, a ajuda humanitária, na qual se destacou tanto quanto em sua carreira de atriz.

Oficialmente foi casada duas vezes, com Mel Ferrer (contracenou com Audrey como Andrei Bolkonsky em *War and Peace*) e Andrea Dotti, um filho de cada um, e nos últimos dez anos de vida seu amado era Robert Wolders, que estava ao seu lado quando morreu.

Suas premiações foram inúmeras, o Oscar de 1954, de Melhor Atriz, mais quatro nominações, mais cinco BAFTA, e nove Globos de Ouro, combinando drama e comédia, além dos honorários, pelo menos outros cinco, incluindo o Cecil B. de Mille, pela carreira.

Em 1999, o American Film Institute escolheu as 100 maiores lendas do cinema norte-americano, 50 homens e 50 mulheres, Audrey foi a terceira citada entre as mulheres, depois de Katherine Hepburn e Bette Davis, e logo antes de Ingrid Bergman, Greta Garbo e Marilyn Monroe.

Sua morte ocorreu em janeiro de 1993, aos 63 anos de idade, de câncer. Jamais, antes ou depois, a harmonia e a desarmonia estiveram em tão próximo contato.

Travis e Newland

Martin Scorsese é, conforme as mulheres costumam dizer, um grosso. Filma o sangue que esguicha das facadas dos mafiosos que não querem fazer barulho com tiros, deixa que o personagem de Joe Pesci, em *Goodfellas*, se esvaia em ódio e dilacere um vizinho de balcão de bar com a ponta de uma caneta por motivo fútil, solta De Niro e Keitel, em *Mean Streets* e *Taxi Driver* em suas ruas violentas e em seus delírios noturnos paranoides que sempre terminam em balas de grosso calibre e sangue, muito sangue. Também transfigura a beleza quase insuperável de Sharon Stone numa máscara que é ora desespero e ânsia puros, ora a mais dolorosa indiferença por tudo o que a cerca, em *Cassino*.

Martin Scorsese também é um homem gentil e sensível, naquele mesmo modo que os homens tinham no início do século passado, de ficar na contemplação de uma figura feminina amada, e de manifestar a plenitude de sua adoração em um gesto, em que o ajoelhar e o simples toque de uma mão em um rosto expressam o amor de uma forma que não parece possível de ser superada. Muitos espectadores duvidariam até a última linha que ele tivesse assinado, como fez, *The Age of Innocence*.

Como diretor, marcou sua carreira pelos chamados "filmes violentos e neuróticos", que muitos diriam vir de suas influências de infância, nos subúrbios onde os imigrantes italianos iam aos poucos criando uma nova Itália dentro do mundo novo das Américas. Assim, por ali deve ter conhecido os seus parceiros, Pesci, De Niro, Keitel e outros, por ali deve ter começado a sua paixão pelo cinema, que teve início porque era um menino asmático, e refugiava-se nas salas de exibição, onde se sentia mais protegido, sensação que muitos dos apaixonados pela sétima arte compartilham inteiramente. Ainda, antes de chegar à universidade para estudar cinema, acreditou-se destinado à carreira religiosa, e talvez por isso se tenha dedicado ao cinema, o que fez desde então com um fervor que bem pode ter raízes numa profunda religiosidade, seja lá o que isso queira significar.

Martin Scorsese provou que é possível ser mais de um homem, e em plenitude, que não há limite para a criatividade da pessoa que não deseje firmar-se em algum estereótipo, que lhe sirva de molde, desses que aprisionam por toda uma vida.

Scorsese mostrou-se um ser múltiplo, que não desdenha a lentidão dos gestos suaves e sensuais dos instintos românticos, e que não se deixa cegar para ver a violência que o cerca e a todos nós, mostrando-se capaz de retratar a bestialidade que se esconde em muitas pessoas, sob um manto de tendências afetivas e humanitárias, mas que emerge às vezes em gente de carne e osso, que não podemos esconder, como se não existissem, e que na sua condição humana precisam de quem conte suas histórias tantas vezes horripilantes.

Newland Archer, o grã-fino sensível e apaixonado, e Travis Bickle, o taxista neurótico e delirante, são tão distantes entre si como as marés deslizantes das imensidões tórridas dos desertos, tão diferentes que a ninguém ocorreria a possibilidade de serem conduzidos à tela com igual maestria pelo mesmo artista. Asmático, ex-seminarista, cinéfilo desenfreado, um baixinho, rebelado quem sabe contra a própria estatura, tratou de crescer e tanto o fez, que, ao menos a mim, sempre lembra a dimensão de um gigante.

Diana Krall:
a natureza tem os seus exageros

Se alguém por acaso ouvir a pianista e cantora canadense vai pensar com preconceito – no aspecto bom que um preconceito pode ter – que se trata de uma negra, pelo timbre de voz e pela sensibilidade, aqueles ires e vires entre os agudos e os graves, aquela maciez que faz os mais afoitos pensarem em lençóis macios e tardes preguiçosas com alguém a quem se ama muito. Surpresa das surpresas, é uma loira. E mais, aquele pianista fabuloso, jazzista, com alguma apreciação pelos pianistas que tocavam a variante do *jazz* chamada bossa-nova, por exemplo, o Hamilton Godoy do Zimbo Trio, preciso, brilhante, improvisando com os outros instrumentos como se tivessem vivido uma vida inteira juntos, tem o mesmo nome dela, ou seja, é a própria Diana.

Há um DVD na praça do *show* que ela gravou em Paris, onde agregou ao trio jazzístico o excepcional guitarrista Anthony Wilson – que lembra o velhinho Herb Ellis, conhecido parceiro de Oscar Peterson –, o baterista Jeff Hamilton, que efetivamente esteve com o fabuloso Peterson, o baixista John Clayton, que já gravara com Krall o disco *Stepping Out* e o percussionista brasileiro Paulinho da Costa. Nessa reunião excepcional, Diana mostra tudo o que sabe, canta romanticamente *Maybe you'll be there*, *Love Letters*, detona em improvisos brilhantes, notem a abertura de *I Don't Know Enough About you*, mescla-se à perfeição com o baixo, a bateria e a guitarra de Wilson, enfim é um arraso.

Do que conheço de suas gravações, ouçam, por favor, os discos *All for you*, dedicado ao inspirador Nat King Cole Trio, particularmente a faixa "A blossom fell", o já mencionado *Stepping out*, onde desponta a composição da própria Diana *Jimmie*, pianística de arrepiar, *Love Scenes*, destacando "That old feeling" e When I look in your eyes", onde Diana recria a inesgotável "I've got you under my skin", de Cole Porter, com mais uma versão absolutamente genial e emocionante.

Depois dessa admiração que adquiri de imediato, quando ouvi "Let's face the music and dance", onde alguns acordes homenageiam escandalosamente a Tom Jobim, vem-me um amigo falar de uma brasileira, Elaine Elias, pianista e cantora, a quem ouvi, respeitosamente, até comprei o CD. Outro me destaca essa mocinha que ganhou um Grammy, Norah Jones. Amigos perdoem-me, mas, como se diz no turfe, essas moças não são da mesma turma; Elaine é bem dotada, mais em piano do que voz e Norah Jones tem uma voz bem interessante, mas dedilha o piano brevemente apenas, sendo o seu disco uma quase repetição de faixas a partir da que emplacou na mídia "D'ont know you".

A propósito, Diana Krall é belíssima, o que me faz pensar que se a natureza ora cumula de beleza e inteligência as pessoas em doses moderadas, ora excepcionaliza uma ou outra, para cima ou para baixo, em alguma forma de equilíbrio ou compensação, às vezes enlouquece completamente e baixa a mão em ambas, pesadamente. Ouçam, vejam, digam se não tenho razão.

Soube há pouco que ela se casou com um músico famoso, um tal de Elvis Costello, um tipo que anda sempre com óculos estranhos numa cara soturna. Depois de superar o ciúme, a inveja e o despeito, ficou-me a insaciável curiosidade: o que ouvirá o jovem casal nos fins de semana? Mozart?

O tango e a lógica da tragédia

Numa das tantas definições, lógica é "a maneira de raciocinar particular a um indivíduo ou a um grupo". E se isso frequentemente se aplica, como o faz, fiquei a lembrar da música portenha, em toda a sua magnificência e no que ela evoca em seus apreciadores, naqueles que dispendem tempo e sensibilidade num disco de Anibal Troilo, do Sexteto Mayor, nas tantas rememorações de Gardel e seus seguidores e quem sabe também no mestre Astor Piazzolla, mas aí a coisa já pode seguir por outro lado.

O tango é nostálgico, evoca ruas acinzentadas, chãos lavados pela chuva, neblina, grandes parques ladeados por pequenos quiosques, janelas de estores levemente entreabertos, táxis a rodar gementes por ruas vazias, fumaça de cigarros, ternos cinzentos e compaixão. Nada, nada mesmo, que se possa encontrar em Santiago del Estero, nos vinhedos de Mendoza, no Chaco, nas ruelas de San Salvador de Jujuy, nada que se desperte pelo sabor das maçãs de Rio Negro ou que se encontre em Ledesma, onde algum dia os Montoneros teriam iniciado uma revolução pelo contraste enorme que existia entre a pobreza daquela gente interiorana e uma só família, moradora de um castelo com mais de 20 quartos, que ficavam a maior parte do ano vazios. Mas essas não eram as tristezas do tango, essa também não era a sua geografia, de fato exclusivamente urbana, na ânsia pelos sentimentos que sacodem as existências de sua modorra e da prisão de suas rotinas.

Não só dos amores que nunca se realizam, a música das margens do Rio da Prata – se concedermos ao menos uma parcela que os irmãos uruguaios reivindicam – encerra as dores da vida negada, as desilusões que experimentam os deslocados dos próprios sonhos, a própria angústia de existir sem entender por quê. Não há nenhuma espécie de alegria nas evocações do tango; ele é, antes de qualquer coisa, a realização do fracasso, a percepção clara dos objetivos que não se atingem quando tão claras ficam as coisas que não se alcança pela dimensão do braço de que fomos dotados, a exemplo de um moinho que nunca chegue a moer a farinha para fazer pão.

Revendo Buenos Aires, deixando de lado Puerto Madero e os grandes *shoppings*, o Pátio Bulrich, com esse nome tão elegante, e as outras tantas divagações que virão, andando por San Telmo ou encontrando uma nova versão para El Viejo Almacén, faço absoluta questão de pensar em Piazzolla e suas polêmicas, a especular se não teria sido combatido exatamente por temerem que viesse trazer outra lógica para o tango, outra melancolia que não aquela que todos podiam querer que não fosse manchada por nada, mesmo que por uma outra tristeza, para ser vertida naquele mesmo exato lugar.

Mas acabou por não ser mais combatido por quase ninguém, absoluto senhor das rascadas do arco ao rés das cordas do violino e daquele oceano de vagas que dançam embaladas pela esfuziante melancolia do *bandoneón*.

Aos novatos, como estímulo, e aos veteranos pela manutenção do vício, recomendo a gravação da versão de Daniel Barenboin sobre as músicas de sua própria cidade, ele, consagrado maestro e músico de repertório erudito no mundo inteiro, que não se furtou de usar o próprio talento para remexer nas irrenunciáveis agonias com que nasceram todos os portenhos de qualquer pátria.

Meritocracia

Por uma quase absoluta ausência de méritos, quem sabe um apogeu dos deméritos, a época em que vivemos torna difícil a arte de admirar. Vaidades indevidas, lições aprendidas pela metade, desempenhos medíocres até no desempenho dos elementos da vida, sem falar em escroqueria pura, ladroagens, empulhações, falsidades e um sem número de etecéteras.

Torna-se então difícil admirar, e sem admiração torna-se difícil viver; tende-se a buscar cada vez mais o passado, a ressuscitar os mortos dignos, os talentos, os tantos que pareciam cultivar os dotes do espírito, a dedicar-se no aprendizado dos mistérios da mente humana e nos seus desígnios.

Hoje não. Nada disso. Hoje parecem importar apenas a aparência e as aquisições de objetos que visam ao conforto e à satisfação de alguns sentidos, esses que não conseguiriam elevar-se ouvindo uma música, identificando a sonoridade numa combinação de palavras, a preciosidade de uma ideia nova, os tons em uma tela capazes de evocar a ansiedade ou a transição de uma dramaticidade para outra. Importa, isto sim, ter, mesmo que esse tipo de posse não dure em sua plena utilidade mais do que as primeiras utilizações.

Tudo é breve. Todos os assuntos são curtos e há a imperiosidade da pressa, da mudança de temas, da simultaneidade das sensações, bem eloquente quando se aprecia um ciclista que pedala, ouve sons em fones de ouvido e acaricia a própria perna distraidamente, a imagem acabada da busca de todas as sensações fáceis, que alguém ou algo impinja em nós. Ninguém ouve ninguém. Ao invés da atenção que tanta gente inteligente merece, prefere-se sempre falar, mesmo que sobre o nada; tudo é uma questão de um tempo destinado a cada um dos egos presentes à reunião, como se numa celebração à morte das ideias e dos argumentos originais.

Os deméritos, por outro lado, abundam, nessa tendência cada vez maior de ter coisas a qualquer preço, muitas vezes altos o suficiente para que qualquer escrúpulo que tenhamos para observar um conjunto de atitudes, assim ditas morais, seja abatido pela sofreguidão das ambições materiais.

Vivemos os dias dourados da mediocridade, em que tudo se rotiniza com a utilização de tecnologias em sua maioria desconhecidas em sua intimidade técnica e em que apertar botões é tido como a solução para a maioria dos problemas. Os adoradores desse mundo virtual jamais param para refletir sobre a sua natureza e os seus caminhos, e principalmente sobre um universo de necessidades humanas que não encontram respostas com a cópia de algum programa de informática trazido pela rede mundial, através de um mecanismo chamado de *download*, aliás, no minuto seguinte ao aprendizado dessa palavra da língua inglesa já estaremos falando em "daunloudiar" programas, prática que simboliza em grande parte esse empobrecimento humano que aqui se caracteriza por ir aos poucos – não tão lentamente assim – perdendo a identidade nacional através do abastardamento do idioma. "Linca-se" o que facilmente poderia ser vinculado, "deleta-se" o apagado, as liquidações declaram preços "50% off", as lavanderias viraram "loundrys", as entregas "delivery", os nomes próprios uma sucessão de Maicons, Andersons, Emersons e Suelens, mal copiados dos enlatados da TV americana e plenamente aceitos pelos cartórios de registro como coisas as mais normais.

Nesse mar de ideias curtas e escrúpulos menores navega também o culto exacerbado à perfeição dos corpos, não à correção de defeitos ou à intenção de prevenir determinados males. Certa mocinha, linda, submeteu-se a várias cirurgias (com os inerentes riscos) para corrigir questões milimétricas, e de quem seria a autoria dos parâmetros de perfeição a serem atingidos? Alguns passam fome, mutilam-se com instrumentos para a colocação de adereços, gesto que quando visto nos índios achávamos da mais pura barbárie. Os índios, quem diria, talvez pudessem ter sido um modelo em muitas coisas, talvez nessa circunstância não estaríamos hoje a lamentar tanta falta de méritos, tanta ausência de princípios morais, tão pouca dedicação ao cultivo da inteligência, essa que tanta falta nos faz.

A propósito de setembro:
as lendas e o Simões

Contar as lendas de nossos povos ancestrais pode ser algo profundamente artístico. Se espanholas ou lusitanas, não importa muito.

Como coisa antiga, a lenda desses povos hoje pouco interesse traz. Os jovens que leem – não muitos, infelizmente – interessam-se por outras coisas, aquilo que eles acham mais moderno, aluviões de mistério e sangue em meias-palavras, mergulhos no interior dos seres urbanos às voltas com suas angústias existenciais, frases curtas e de duvidoso sentido, essas coisas.

Não os recrimino, nem poderia. Trata-se, claro, de um novo tempo, até em um flamante século, que pudemos, afortunados, contemplar em seu alvorecer.

Mas, olhando um pouco atrás, e dando-me conta de que pouca atenção também prestei ao lendário gaúcho, um dia encontrei, por acaso, Simões Lopes Neto, esse conterrâneo de nossa altaneira Pelotas, morto em 1916, e quase um desconhecido, até mesmo para muitos gaúchos.

A cada página uma descoberta, não apenas no fascínio das histórias que criava e recriava, mas pela reprodução de uma linguagem que hoje é, em grande parte, ignorada, bem própria de quem vivia nos campos que constituíam quase toda a nossa nação pampiana, e, mais do que tudo, por uma qualidade inigualável na costura das frases que engalanam a riqueza de seus personagens e suas caravoltas (para usar uma de suas tantas palavras de memória).

Numa lenda, nesse caso, lusitana, encontrei um momento de rara beleza, que não se destaca, entre tantos que existem, mas que chama a atenção de um modo que só se explica em sua reprodução:

E era que os posteiros e os andantes, os que dormiam sob as palhas dos ranchos e os que na cama das macegas, os chasques que cortavam por atalhos e os tropeiros que vinham pelas estradas, mascates e carreteiros, todos davam notícia – da mesma hora – de ter visto passar, como levada em pastoreio, uma tropilha de tordilhos, tocada por um Negrinho, gineteando de em pelo, em um cavalo baio!

Então, muitos acenderam velas e rezaram o Padre-Nosso pela alma do judiado. Daí por diante, quando qualquer cristão perdia uma coisa, o que fosse, pela noite velha o Negrinho campeava e achava, mas só entregava a quem acendesse uma vela, cuja luz ele levava para pagar a do altar de sua madrinha, a Virgem Nossa Senhora, que o remiu e salvou e deu-lhe uma tropilha, que ele conduz e pastoreia sem ninguém ver...

A reprodução da Lenda do Negrinho do Pastoreio e Simões Lopes Neto, um momento alto das letras rio-grandenses, uma prova viva de que talvez tenhamos deixado esse legado literário tão nosso, no mesmo abandono das histórias que o vento sopra e de que ninguém se lembra mais...

O elefante Bimbim

Para meu neto Bernardo Castro Gutierrez
(por obra e graça de Odiwal Janz, que inventou Bimbim, e cujas histórias contava a meu filho Eduardo Janz Gutierrez, sem jamais ter escrito qualquer delas).

Os elefantes, como todos nós sabemos, são enormes. Andam sempre em manadas, onde caminham lado a lado machos e fêmeas, adultos e jovens elefantinhos, acompanhados cuidadosamente pelas mães, que, a qualquer mínima ameaça, emitem aquele urro alto e assustador, capaz de espantar qualquer um que se aproxime, ao menos aqueles menores que os elefantes, que são, na floresta, quase todos. Os hipopótamos, talvez, não em altura, mas em peso, podem andar próximos, mas são bichos de terrenos diferentes, que não costumam se cruzar, ou, da mesma forma, os rinocerontes.

De todo modo, aqueles mastodontes são assustadores, quando gritam, ou quando disparam pelas ravinas, ou ainda quando balançam as enormes orelhas, e parecem querer escutar tudo à volta, não permitindo que deixem de ser os donos dos lugares por onde andam.

Têm também o costume da se refestelarem nos mananciais de água, onde mergulham os corpanzis, refrescam-se daqueles calorões africanos, bebem água, bufam e emitem largos jatos líquidos, feito corredeiras caudalosas.

De longe, é fácil que a gente se encante com uma daquelas manadas, o andar quase cadenciado, o olhar cuidadoso das fêmeas, à volta dos filhotinhos, que não raro pesam mais que cavalos ou bois.

Tudo isso se dá nas savanas africanas, onde andam muitos outros animais, que quase não vemos aqui neste lado do Atlântico, leões, zebras, rinocerontes, girafas, e muitos mais, como se tivéssemos sido castigados pela natureza, e esses todos pagassem alto preço pela sua raridade, servindo de atração em circos que os aprisionam com objetivos nada republicanos.

Mas, aqui se procura contar a história de Bimbim, um deles, que conhecemos filhote de uma família de três pequenos, dos quais era o menor, e, por outro desvio do senso natural, tinha nascido com uma das patas menor que as outras três, não muito, mas que se notava, bastando vê-lo andar por algum pequeno trecho.

Em consequência disso, Bimbim se atrasava para tudo, era o último de todas as manadas quando se mexiam, chegava depois de todos na hora de comer, e o mesmo acontecia para os infindáveis banhos, quando se ajeitava na água onde os demais já estavam por sair. Nessas horas, a bem da narrativa, uma sombra pairava sobre sua cabeça, os olhos piscavam e se fechavam, e ele balançava a cabeça e as orelhas, como se quisesse se desculpar, e dizer: "Ei, pessoal, eu estou aqui, sempre chego depois, mas chego, afinal".

O chefe do bando, enorme, que era o seu pai, dava um urro baixo, quase simbólico, como se estivesse a informar que estava ciente, e duas ou três bufadas, como a dizer que Bimbim crescesse logo, porque não poderia protegê-lo para sempre.

Numa tarde daqueles sóis que envolviam os azuis do céu, com aqueles tons de amarelo e laranja ao redor, ventava de leve e a folha dos baobás balançava do alto daqueles troncos volumosos que às vezes pareciam casas, mas de repente o céu escureceu, começou a ventar forte, tão forte que a terra parecia tremer, e os animais, bem, quase todos, correram para se abrigar como podiam. Mas não o nosso pequeno elefante. Quando a ventania fez subir as poeiras, Bimbim ficou como cego, não enxergava e não se mexia, o marrom da terra suspensa lhe escondia inclusive o corpo, que naquela altura já estava mais próximo do dos adultos. Era uma situação de terror. Bimbim em sua curta existência jamais tivera uma experiência como aquela, não se animava a andar, mas ao mesmo tempo temia que aquela escuridão o trouxesse para diante de uma fera maior que ele, sem ter nem o pai nem a mãe por perto. Por vezes dava um passo à frente, outro para atrás, e nada acontecia, nem de bom, nem de ruim. Ele estava, era o que lhe vinha, inteiramente sozinho, pela primeira vez.

Mas, apesar da pata diferente, Bimbim tinha intacta a alma dos elefantes, a sua bravura, a sua resistência de suportar as grandes caminhadas, o frio e o calor, a falta de comida e a sede. Estava nele, e não em outro lugar.

Depois de algumas poucas horas, em que o vento amainou, mas já escurecia, o elefantinho deu-se conta de que tinha que sair dali, para algum lugar, em algum sentido ou direção que o levasse para junto de sua família, de quem agora lembrava detalhes, a mãe que tinha um recorte em uma das grandes orelhas, ou as patas enormes do pai, e aquele barulho surdo que o andar dele provocava no chão.

Mas, avaliando o escuro da noite, que chegava rápido, resolveu que sua busca precisava da luz do dia, e que agora era hora de deitar e descansar. E foi o que fez: deitou-se de lado, com a cabeça apoiada na raiz plana de uma árvore, quase morta pela secura do sol, as poucas e raquíticas flores bem no alto. Antes de cair no sono, pelo imenso cansaço de tanta aventura, lembrou-se também dos irmãos, e pediu ao deus dos elefantes, que agora lhe parecia bem presente, que eles estivessem bem, bebidos e alimentados, e dormindo bem próximos, como deve ser uma verdadeira família, a dos elefantes, e todas as outras dos viventes desta e de outras terras.

E sonhou o pequeno elefante com corridas junto aos irmãos, quando espantavam um bando de zebras, e voltavam orgulhosos para a manada, e para o olhar condescendente dos pais, que pareciam dizer: "Como estão crescidos!"

Acordou-se com a manhã já alta, um sol maravilhoso, e um ar daquela limpidez que costuma vir depois das grandes tempestades. Era hora de caminhar, e ao elefantinho ocorreu que só o sol poderia levá-lo aos seus.

Muitos sóis se passaram desde então, muitas e longas jornadas fez Bimbim, favorecido pela vegetação das campinas, o seu alimento, e pelas várias nascentes de água que ia encontrando. Conseguiu assim manter-se alimentado, e no cansaço que o atacava quando a tarde ia caindo, sempre havia um largo pedaço de grama macia que o acolhia, feito os leitos que sua família antes sempre encontrava para todos.

Mas, a natureza que o servia, e a sua própria, que lhe lembrava a todo instante da bravura que lhe era inerente, tudo isso não era suficiente para aplacar-lhe a saudade dos seus, de lembrar as brincadeiras com os irmãos, os afagos pelas grandes patas da mãe, e o olhar severo do pai, que era, ao mesmo tempo, um gesto de carinho e amizade, e uma advertência por seus compromissos de animais.

Em várias ocasiões ocorreu ao jovem elefante a busca de outros caminhos, que fossem à esquerda ou à direita de onde corria o sol para o seu poente. Mas ele sempre os recusou, pensando que sua promessa ao seu deus era encontrar sua família pelo sol, que lhe parecia tão grande e tão poderoso que outro caminho não deveria existir.

E assim foi, primeiro por semanas, depois por meses, na nossa conta, não na sua, que era simplesmente olhar o grande astro quando nascia, e proferir sua prece pedindo-lhe que o levasse, de novo, aos pais e irmãos.

Outros bandos de elefantes Bimbim encontrou em sua saga. Mas não eram os seus, e esses não o hostilizaram, nem o acolheram; lhe foram indiferentes, ao passar com o baque de seus corpanzis sobre o chão das savanas, e o tum-tum cadenciado de suas enormes patas, algumas vezes sem nem mesmo olharem para a sua caminhada.

Momentos de desânimo também o assolaram, claro; afinal, ele ainda era um jovem elefante, era ainda quem buscava o verdadeiro conhecimento de sua natureza, de suas forças e de suas fraquezas, e não foi em uma ocasião, mas em algumas, que o escurecer, e o silêncio da noite o entristeciam de tal modo que grossas lágrimas caíam de seus olhos pela pele escura e densa de sua caratonha.

Não existem desfechos, nem espetaculares, nem ternos, nem recompensas neste relato. Em algum momento Bimbim cruzou com alguns dos seus, que o olharam, como uma velha elefanta, que lhe fez inúmeras indagações sobre sua pata menor, e o modo como perdera o rastro de sua família, alguns jovens que dele se aproximaram desconfiados, e a natural camaradagem que se estabeleceu.

Anos depois, o encontramos de novo como parte de um bando, o corpo enorme, conforme todas as descrições de sua raça, a pata menor ainda, destoando das outras, mas sem atrapalhá-lo mais do que, diante de todos os novatos, ter que explicar sobre o que lhe tinha ocorrido.

De sua família nunca teve notícias. Se pereceram naquela tormenta horrível, se fora traído pelo sol, e, afinal, os pais e irmãos, não tendo seguido a sua direção, o levaram a perder o rastro de seu caminho, que teria sido ou à esquerda, ou à direita do trajeto do astro maior do horizonte.

Mas, a memória nunca falhou. De seu íntimo aprendeu que, assim como era capaz de constituir uma nova família, e os mesmos afetos como os que antes tinha, era também capaz de lembrar com saudade daqueles que algum outro caminho seguiram. E, de um modo todo seu, os chorava nos dias de banhar-se em tantas águas, quando suas lágrimas passavam despercebidas, e ele então podia continuar com a sua imagem de grande e altaneiro animal, mesmo com uma pata que era menor.

Olhos que tardam

Os limites da influência e do plágio são às vezes muito estreitos.

Anton Tchekhov viveu entre 1860 e 1904, e morreu de tuberculose, entre o médico que de fato foi, e o escritor que se consagrou em contos e pequenas histórias, além do teatro, que muitos consideram seu ponto mais alto. Nessa trajetória, um dia escreveu, e nos deixou, o conto "A dama do cachorrinho", onde Dmitritch Gúrov e Anna Serguêievna se conheceram fortuitamente, e se enamoraram de forma definitiva, ambos vivendo em casamentos fracassados, ora nos desconfortos do desacerto e do desamor, ora na revolta e na vontade de viver em outra vida.

Pois em seu desfecho, ocorre para ambos a constatação de que já não podiam viver um sem o outro, já que o sentimento que os dominava tinha essa essência, a de não mais poderem aplacá-lo sem que estivessem sempre juntos. E as dificuldades inerentes eram imensas, as separações – no contexto do final do século dezoito na Rússia Czarista – as implicações familiares, o impacto social.

Mas, nessa aparente pieguice, que só ganha grandeza pela pena de grandes escritores, Tchekhov põe um final em sua história com uma promessa solene, que ambos se fazem, no dizer que "para ambos estava claro que ainda estava longe o fim e que o mais complicado e difícil estava apenas começando".

Tanto tempo passado dessas andanças tchekhovianas, em 2009 Juan José Campanella escreve, com o autor, roteiro baseado no livro de Eduardo Sacheri, *La Pregunta de SUS Ojos,* e o filma, com o expressivo Ricardo Darín, e os lindíssimos olhos de Soledad Villamil. Esses olhos, ao longo de vinte anos, prometem amores e ternuras que não se realizam entre Benjamín e Irene, até quando todas as esperanças parecem perdidas, o drama de fundo tem seu epílogo, mas as

luzes são agora mais fortes, e ambos resolvem, finalmente, fundir os olhares em definitivo. Nesse momento é que saem as frases:
– Vai ser complicado!
– Não me importo!
Tchekhov ou Campanella-Sacheri? Fico com ambos.

A Filosofia e seus prolegômenos

Parmeniades (250-275 AC), nada a ver com outro filósofo de nome parecido, pensava como pensava, isto é, **seus pensamentos só se pareciam com os seus e os de mais ninguém**. A isso deu o nome de "originalidade", e essa sua teoria lhe valeu alguns dissabores, de uns que pensavam ter sido copiados, e de outros que lhe reclamaram *royalties* (embora essa denominação demorasse dez séculos para ser oficializada). Mas, bônus existiam, ou algo parecido, moedas que os ricos de então pensavam dever a quem, justamente, pensasse; cortesãs que lhe enchessem as noites, ou jovens mancebos, no caso já então existente de outro tipo de preferências. Desde então, desde Parmeniades, a filosofia evoluiu mais ou menos assim, nuances, palavras juntas que representassem alguma coisa, e pensamentos que não fossem tormentas ou rebeliões, mas que trouxessem luz nas trevas, entendimento na confusão, e aos autores reconhecimento, ao menos aquele que torna os comuns sábios e os egoístas magnânimos.

Antenor Caramez (1949-2000 DC), mil e setecentos anos depois, filósofo sem carteirinha, morador de pequeno município do Sul do Brasil, pensador de bases populares, com escritos à mão, em papel de pão, em português, acumulados desde que se descobrira como tal, chegou também a interessante conclusão: ser original, nem é só por pensamentos próprios, nem por serem esses pensamentos só seus: a diferença estaria **nas conclusões**. Eram essas ideias capazes de trazer algo novo para gáudio e usufruto dos semelhantes? Tinha-se comprovado que era possível distinguir-se a invenção real da mentira pura e simples, ou da cópia descarada? Bom, não couberam a Caramez, nem noitadas, nem palácios ou moedas de ouro. Os tempos tinham mudado. Morreu em uma galetaria da região, engasgado com um osso miúdo de galinha.

Entre, portanto, os anos 250 AC e 2020 DC, primeiro Parmeniades, e séculos depois Caramez, vinham sendo citados nessa imensurável pendenga, o jovem romano (ou etrusco, grego, ou outra nacionalidade existente) e o compadre brasileiro, um nascido nas terras de onde se originou todo o conhecimento, e o falastrão de uma das terras descobertas ainda agora, como se podiam antepor ideias e definições, e chegar a um arremedo de conclusão? Mas, é claro, nesses dezessete séculos de intervalo, nada, nenhum tomo de bibliotecas milenares, nenhum outro autor, desconhecido ou célebre, poderia ter-se mergulhado nessas águas de dúvida e incerteza, e emergido com palavras sábias de esclarecimento e redenção?

Há hipóteses: **Bonaventura Petrucci** (anos depois tendo nascido um seu descendente, Renan Petrucci, que desvendou o uso de canudinhos nos vasos sanguíneos, e a cura de várias doenças) teve alguns méritos, abordando a possibilidade de qualquer cópia ser válida, mediante alguma compensação aurífera (o que mais tarde passou a chamar-se de "transação financeira", por **Isaac Monei**, por volta de mil e alguma coisa); **Estermanides Colonico** (apelidado "O Fraco") teria aventado a ideia de que se pudesse provar a transferência mental de um pensamento, voluntária, por parte do descobridor, a alguém que julgasse com méritos ("nulus regia"); **Padressa conciliábula**, madre de convento carmelita, depois de 25 anos de meditações em um mosteiro próximo do Everest (onde até os dias atuais se forjam falsas escaladas), que cunhou a teoria de que se um religioso proferisse um pensamento original, não original, falso, mesmo o de Parmeniades, mas com confessa fé e determinação na presença do Altíssimo, essa pequena distração se perdoaria com 12 Padres-Nossos; mas, eis que chega a verdade, que às vezes tarda, mesmo séculos, mas não falha: **Oustrésilo Avoengo**, nascido, segundo consta, nas cercanias do **Monte Olímpico**, depois denominado **Secundus** – que passou a infância a cuidar de carneirinhos, e que se acostumou a contá-los, mesmo quando aos milhares – publicou em folheto apócrifo o seu pensamento, que acabou conhecido por motivos desconhecidos. Ora, então dizia que a natureza de todos os carneirinhos era a mesma, eles eram iguais, nada de originalidades. Portanto, se eram iguais, poderiam ser contados, não um a um, mas pela sombra do rebanho projetada no chão gretado, e medida em pés (humanos), poder-se-ia calcular o tamanho do rebanho por uma fórmula que incluía o logaritmo, antes de **Neper**, ou seja, uma antecipação matemática, cuja bolação do mencionado sábio só veio por volta de 1602.

Avoengo não sobreviveu à própria fama; viveu por apenas 22 anos, atropelado por um de seus rebanhos, antes calculado em 514 animais, que, na disparada, quebraram sua cabeça em três pedaços e frações.

Por vários séculos Parmeniades ponteou sem rivais, até Caramez, que não o contestou; ao contrário, o complementou. Todos os demais contestadores foram desmentidos ou desacreditados. A questão "o que faço do jeito que faço, e que serve para alguma coisa", onde se embute a ideia da originalidade, restou indevassável, até que outros conceitos impactantes surgiram:

No século XVII, **Desmontes** surgiu com a "crítica das razões misturadas", onde se incluíam certos insumos que montavam estruturas de pensamento, que eram, ou inclusivas, ou conclusivas, ou alusivas. Esta última, ou se referia ao tempo, aos espirais ou aos fractais epistemológicos (e, por que não dizer, epidemiológicos). **Des**, na época, em que já se usava resumir os nomes dados pelas famílias, viveu e fez conferências pela Europa toda, ganhou dinheiro e fama, teve nove mulheres, e colocou suas moedas de ouro enterradas numa ilha distante, para os dias de frio ou chuva (esses lugares depois foram chamados de Edens, e depois, como a palavra era difícil, "paraísos" (A. Houssef), mais tarde, quando inventaram os impostos, "fiscais" (A. Delfins, P. Maluf), por volta de 1799.

Desmontes não foi seguido, na verdade, isso porque alguém desconhecido o antecedera, e, como era desconhecido, não ficou conhecido, exceto em sua rua, na Gália, onde o chamavam de **Astrelix**, uma mistura de Asterix e Obelix. Astrelix era um bárbaro (que vivia perto do Rio Reno e teria feito o primeiro vinho branco tipo Riesling) que fugiu de sua terra para a Gália, onde inventou o conceito de "seguro", o pagamento que era dado a quem sentisse a sua existência, ou inexistência, ameaçada por algo, um homem ou grupo de homens maus, uma tempestade, um terremoto ou um alagamento. Na verdade, só o que podia garantir era proteger alguém de um homem, matando-o se fosse ameaçador, mas nada quanto às catástrofes naturais, sobre as quais não tinha nenhum poder, mas dizia que tinha, e não tinha. Por isso mesmo chamou-se Astrelix de "o falso corretor". Na verdade, o conceito de "falso" veio séculos depois, no andar da história, quando o CRCI descobriu que ele não tinha os dotes que vendia pelo valor do seguro, o que se tratava de outro novo conceito, o de vender desonestamente, mas com honestidade (**Ludus Périco**, entre 1732 e 1908; um longo período para um homem, reconheço; poderia ter sido mais de um, quem sabe um time, até um timaço).

Desmontes, de fato, tinha sido um enorme sucesso. Mas morreu mal, de porre, na cama com uma ovelha, a qual, infelizmente, não conseguiu opinar sobre a *causa mortis*.

Nota-se, no andar deste texto que, à medida que evolui nossa vã, ou útil filosofia, esta vai se aproximando mais e mais do dinheiro, da riqueza, da cobiça e da inveja. Dezesseis séculos depois de Parmeniades, o palestino **Al Nijjar al Cittar**, comerciante de camelos no deserto de Negev (se é que lá existem esses bichos), chegou à conclusão (pela leitura de Pitágoras, VI AC) de que "**discutir o amor pela sabedoria é experimentado apenas pelo ser humano consciente de sua própria ignorância**". Isso sim, aí estaria o canal. Com isso, **Nij**, como ficou conhecido, disse que, se a sabedoria era o mesmo que a ignorância, o melhor de fato era a "grana", porque quanto às moedas de ouro não existia ignorância nenhuma. Só desejo, ou melhor, tesão. Em alguns anos, consagrado e investido de fundos, quase ilimitados, e assim mesmo desconhecidos, e saboreados longe da plebe ignara, somente no final de sua existência o conheceram, e por isso mesmo ganhou a alcunha de "O tesudo".

Passados tantos percalços, definições e indefinições, conceitos e preconceitos, chega a época em que todas as confusões se misturaram, e, ou se definiram, ou não se definiram, ou se clarearam, ou se escureceram, ou se tornaram puras ou ímpias. O relator da confusão máxima foi o redator mínimo, ele mesmo, **Frederico Nitxa ou Mitxa** (1889 a 1944). Dizia que, sejam feios os que produzem muitas coisas, sem ordem e sem capricho, mesmo produzindo, nasceram para desonrar o mundo, e romper com a beleza, a luz e a perfeição. Num boato que correu, num rompante teria dito "são uns merdas", mas isso jamais foi confirmado. Por outro lado, havia os que, dotados de beleza, virtude e inteligência, mordaz e/ou profunda (cada um desses conceitos mereceu 10.830 palavras, por isso "redator mínimo"), esses sim eram os puros (não confundir com os charutos que os barbudos fumavam na Ilha de Cuba, que roubaram do Batista, não o volante do Inter, outro).

Num resumo, muitas benesses teve a humanidade da filosofia. Inclusive inúmeras ocupações, que, pela sua total inutilidade, trouxeram a essa gente, alunos, professores, serventes, diretores, com tempo assim dito parcial ou exclusivo, pós-graduados, executores de julgamento de teses, produtores de materiais impressos ou digitalizados, e mais, todos dotados de "criatividade" em administrar o enorme tempo que tinham para não fazer *neris de pitibiriba*, e usar isso tudo para o lazer, a expressão máxima de todas as filosofias. Ou seja, a própria expressão desses dois conceitos, tão caros a Parmeniades e A. Caramez, os pioneiros. Nenhum dos dois testemunhou o coroamento de suas ideias, Parmeniades sepultado pelo tempo enorme e as profundas sepulturas, e Caramez com sua morte breve e pobre, caído em um banheiro, abandonado e infeliz. Nem parecia um dos belos e inteligentes de Nitxa/Mitxa, mas ele o admiraria, por certo, por sua sabedoria, inclusive, se os tempos se invertessem. O mestre, ao ler a obra de Caramez, teria dito: *Ecce homo* é simplesmente genial.

P.S.: Tudo o aqui revelado, ou é verdade, ou é mentira, ou uma mistura das duas, em variadas proporções. Qualquer semelhança com pessoas mortas é mera coincidência. Com vivas não há; em geral nunca chegam a tanto.

ENCENAÇÕES

Bom dia, Professora

PEÇA EM TRÊS ATOS

Personagens: Inês, Ana, Izaura e Marta (esta ausente, nunca entra em cena), o pai e a moça

Izaura (numa cozinha, falando ao telefone)

— *Catering*, vocês já ouviram essa palavra da língua inglesa? Significa que uma empresa, alguém que você contrata porque quer dar uma festa, vai se responsabilizar por tudo, por todos os quesitos que foram acertados previamente.
— (pausa)
— Sim, e nós acertamos tudo detalhadamente, e eu disse e está escrito "champanhe francês", e se para vocês isso é vago, para mim significa que não espero Dom Perignon, mas também não a da pior categoria existente, vendida em PROMOÇÃO no supermercado, a um preço que NEM QUERO LEMBRAR, pois vai significar para mim imaginar o gosto que vai ter essa coisa e o efeito que vai provocar nos meus convidados.
— (pausa com *hãs hãs*)
— Sim, já trocaram por uma marca decente, e quanto AO RESTO DAS COISAS espero que esteja tudo conforme combinado.
— (pausa)
— Tá, e quanto à pontualidade de vocês, nem se fala; posso contar com isso?
— Tá bem, então até logo mais.

Larga o telefone, caminha entre os móveis, consulta uma caderneta que retira de um bolso:

— Um computador talvez fosse melhor. Uma assistente pessoal então, maravilha. Melhor ainda UM assistente (olhando para o alto), alto, musculoso e gentil. Quem sabe não é isso que mereço?

Falando com os objetos da cozinha, num tom discursivo:
— Bom dia, latas, potes de plástico, liquidificador, batedeira, mantimentos em geral, tomates, cebolas, batatas, companheirada, lá vou eu, a louca do condomínio, a falar com vocês, que todo mundo chama de objetos inanimados, imaginem só, inanimados, só vocês, os únicos que me ouvem com atenção, os únicos com quem posso desabafar.

— É, é a festa da doutora que vai chegar de Londres, imaginem só, doutora em Física Nuclear, será que ela descobriu uma nova partícula subatômica, será que ela é agora capaz de fazer uma bomba, quem sabe vai explodir a família e toda a vizinhança? E a famosa TESE, faz dois anos que não se ouve outra coisa.

(em falsete)
— Mãe doente, muito bem, mas E A MINHA TESE?
— Dívidas, falta de dinheiro, tá, MAS E A MINHA TESE?
— Irmã desesperada, separando do marido, mas E A MINHA TESE?
— Alguém desse governo, de todos os governos, deveria ter ouvido essa mulher, na hora desses apertos todos, roubalheira, salário mínimo, greves, tá OK, MAS E A NOSSA TESE?
— Ninguém podia sequer assoprar para o gênio em processo de criação, senão vinha a "minha tese". Que vai, por certo, remover montanhas; a doutora há de ser recebida no Palácio do Planalto, na OEA, ONU, no raio que a parta.
— (pausado)... E eu aqui, ralando para preparar a festa da MINHA TESE, eu, que ela não costuma sequer notar a presença, a não ser que gritasse, o que nunca fiz, eu, a quem ela perguntou "como vai teu namorado", na ferida exposta, solteira de fazer dó até agora, aos 32 anos, e ela nunca notou isso, nem imaginou me magoar perguntando pelo príncipe inexistente, pelo pau-brasil.

— Pau-brasil, pau-brasil, madeira rara, olha lá a metáfora, senhora professora doutora em Física dos Corpos e das cozinhas, senhora desdotada das aflições familiares e maternais, senhora das espadas dos anjos de cristo, na cela escurinha, no catre duro, feito freira mocinha a chorar pela alma das crianças que morrem de fome...

— E vocês aí, feito pregos (falando de novo com os objetos da cozinha). Não vão dizer nada?

— Não vão sair a meu favor? Só estou pedindo que vocês cooperem hoje à noite, sem rebelião dos subalternos na hora da festa, sem mancharem demais os guardanapos de linho, sem derramar as panelas. Se a doutora vier, com seu narizinho em pé, abrir alguma tampa, bisbilhotar nos *houers d'oevre*, cheirar, especialmente cheirar... Enfim, alguns respingos de molho no terninho Armani não iam fazer mal algum, gritinhos histéricos – o que seria ótimo, cá entre nós – e mais nada.

— Se o avião chega de Londres em tempo, se papai vem à festa? Aí sim, vocês já estão querendo saber coisas demais.

Entram Ana e Inês, a conversar alto:

Inês
— Izaura, Izaurinha, a essa já hora falando sozinha? Não é que rimou?

Ana
— Aliás, Izaurinha, que festa, *hein*? Dei uma olhadinha na tua lista, champanhe francês, canapés de caviar, salmão, o escambau, preparaste tudo com perfeição, como sempre.

Inês
— Escambau é o escambau, ouviu, agora és irmã de uma PHD em Física, na Inglaterra, faça-me o favor de não usar mais essas expressões vulgares. E, além disso, já é tempo de parares também de usar essas roupas caras que parecem miseráveis, *jeans* rasgados no joelho não, por favor!

Ana
— Agressivinha já, a essa hora? Implicando com linguajar e roupa, tu?

Izaura
— Vamos parar com esse *non sense*? Do que se trata afinal?

Inês
— Do xamã, é claro. De uma leve discussão sobre o autor de nossos dias.

Izaura
— Xamã é quem, algum feiticeiro?

Ana
— Deixa isso de lado, deixa que é melhor.

Inês
— Não, claro que não. Ele já fez algo parecido, uma vez que fosse? Te deixou no altar esperando, a ti e ao noivo, e chegou do jeito que chegou? Cantou a mulher do professor da Marta, no dia em que ela caiu na asneira de convidar o querido papai para um jantar na casa dela, para apresentá-lo ao professor de quem ela tanto gostava? Que pequenas inconveniências fez o cidadão em sua vida tão regrada? Deveu dinheiro para alguém? Nem para mim, nem para vocês, nem para genros, pobres homens.

Izaura
— Ha, sim, ELE. Que festas teria promovido com o dinheiro dos outros, ou que ficava simplesmente devendo? A da suíte do Intercontinental de São Paulo, a da Limousine em Nova Iorque, com direito a jantar no Waldorf Astoria, com três prostitutas especialmente contratadas?

Ana
— Tu também, não alimenta, faz favor.

Inês (dirigindo-se a Ana)
— E tu pelo jeito continuas no papaizinho querido, no dos parquinhos e das histórias que nos contava para dormir. Crescer, Aninha, já pensaste nisso? Dói, mas só um pouquinho, depois a gente nem nota.

Ana
— Porque, não tens boas memórias da infância? Nem isso, das idas aos teatrinhos infantis, da pipoca e do cinema? Vais me dizer que se apagou tudo, como num passe de mágica?

Inês
— Não enche o saco com essa história de infância; se quisesses ver alguma coisa tinhas que olhar o tipo depois, quando ficamos crescidinhas e ele não era nem mais gentil e muito menos presente; era um rastro de perfumes masculinos caros, um cheiro de fumo de cachimbo e aqueles copos de uísque de cristal, que bebia uns atrás dos outros, mal olhava se a gente entrava ou saía de casa, nem notava se a gente se apaixonava, se estava matriculada em alguma escola ou não, se tinha os olhos injetados pela droga, nada. Não tenho nenhuma dúvida de que se a gente tivesse fissura ou overdose ele nem piscava.

Izaura
— O que explica e justifica tudo em nós três, não é?

Inês
— O que queres dizer com isso, cara-pálida? Alguma peroração sutil demais, cruz-credo, para nós duas, burronas?

Izaura (suavemente)
— Quer dizer que podemos ter conduzido nossas vidas nessa lógica, até agora e para a frente somos isso, não somos aquilo, fize-

mos isso, não fizemos aquilo PORQUE PAPAI ASSIM DETERMINOU, ou porque papai não deixou, ou porque papai é o errado que é, sua culpa, nossa desgraça.

Ana
— Não é nada disso não, senhora, não de minha parte, pelo menos. Cada um faz a própria vida e a própria história e não adianta a gente querer transferir isso para os outros, mesmo que seja o pai da gente. Que nunca foi nenhuma maravilha, eu concordo.

Inês
— Bravo, dona Ana, mas bravo mesmo! Então, nada de justificativas, nada de defesa própria na merda dos pais e da família. Bravo! Não imaginava essa tua coragem, aviadora, Amélia cruzadora do Atlântico sem maquiagem, só graxa de motor e cheiro de gasolina.

Ana
— Ora, vão ambas para aquele lugar, vão plantar batatas ou cebolas naqueles terrenos perto do aeroporto, depois vocês já trazem a Marta e a bagagem inglesa, por favor, sem danificar nada.

Inês
— Assim, assim (sai como que arrastando malas pesadas com os dois braços), carregadoras de malas, doces carregadoras de malas, carregadoras de luxo, belezas sem par.

Inês vai saindo com o mesmo gesto, como se fosse carregando malas, e depois as duas, rindo às gargalhadas, também vão saindo de cena como quem carrega pesados fardos.

Fim do primeiro ato

SEGUNDO ATO

Inês (numa sala bem decorada, na janela, olhando para fora)
— Se eu tivesse apostado, *hein*?

Ana
— Que ele não vinha?

Inês
— Como dois e dois são quatro, esse cara é mais previsível que o Conselheiro Acácio.

Ana
— Ora, mas nem era hora de ele vir; se vier vai ser bem mais tarde, quem sabe até depois de todos terem saído, aí sim seria do seu jeito.

Inês
— Sensacional! Queres dizer, procurando causar desassossego, impacto, confusão?

Ana
— Não se pode negar que seja uma característica dele, esse, de causar algum *frisson* onde chega, mas também não é essa uma coisa absolutamente comum nas pessoas? Tu não gostas nem um pouquinho disso, garota, de ser vista por todos de modo especial, ou és de viver anônima na multidão?

Inês
— Ora, não estava pensando em desencadear, de novo, a defesa do papaizinho querido; era apenas um comentário periférico.

Ana
— Pois sim, periférico, eu conheço bem a força das tuas ironias.

Inês
– Ah, mas então eu sou forte em alguma coisa?

Ana
– Não é bem um mérito saber ferir fundo, atingir as pessoas em suas fraquezas, fazer gente sofrer, não é EXATAMENTE um mérito, não.

Inês
– Quando, onde, criaturinha frágil, exerci esse tipo de bruxaria, que tu visses, que ninguém tivesse te contado, aumentando e distorcendo coisas vindas de mim, tua irmã, sangue do teu sangue?

Ana
– Ora, de quantos relatos tu precisas? De coisas ditas para mim, para qualquer das gurias, de deixar a gente abismada, quantas crises de choro, quantas tardes e noites perdidas em lamentação pelas críticas pesadas da irmã mais velha? E depois, que sangue é esse, o que tu mais abominas, pelo pai que tu tanto rejeitas, seria então pela MÃE?

Izaura (entrando na sala)
– Mãe, gurias, vocês não me digam que estão discutindo e já meio alteradas, por causa de alguém que já morreu? De mamãe? Hoje, num dia de festa?

Inês
– Izaurinha, não te agites. Ninguém aqui se alterou; estamos, vamos dizer assim, comparando pontos de vista, e a saudosa mamãe ainda não entrou na dança.

Izaura
– Nem poderia, não é, nem poderia.

Inês
– Ora, por quê?

Izaura

— Porque já morreu. Isso não é razão suficiente para que se preserve alguém?

Inês

— Hitler, Izaurinha, quem sabe a gente não toca mais no assunto? Mussolini, Idi Amin Dada, Papa Doc, Osama Bin Laden, toda essa turma, vivida e esquecida imediatamente depois que morreram? Com a possível exceção do Bin Laden, que pode estar vivo e maquinando alguma das suas?

Izaura

— Nem posso acreditar no que ouço. Então é nesse nível que tu pões a memória de nossa mãe, da TUA mãe?

Ana

— Não duvides muito disso. Talvez ele deixasse o Josef Mengele em outra sala, mas não muito longe disso, não mesmo.

Inês

— Ora, é óbvio que ela não cometeu nenhuma atrocidade contra a humanidade, nem foi uma *serial killer*. Foi uma tonta, uma fraca, uma mulher dessas que atrasam a luta de todas por dignidade na relação com os homens, foi alguém que se apaixonou por um canalha, que deu tudo o que ele quis, sempre, que esqueceu de nós nessa parada, MESMO. Não encarem se não quiserem. Eu tenho que fazer valer o dinheirão que gastei em terapia nisso. SIM, a mãezinha de vocês só tinha olhos para ele. Por uma tarde na cama era capaz de furar os próprios olhos. O que estou dizendo? Isso mesmo, a prisão dela era puramente sexual. O cara pelo jeito tinha todos os truques e ela era inteiramente escravizada. Cansei de ouvi-la gritando de prazer.

Ana
— E então, o que isso tem de mal, senhora feminista ferrenha? Ter grande prazer com o próprio homem na cama? Era para ser o que, submissão, escuridão e ejaculação rápida?

Inês
— Ora, não me venha. Não sou nenhuma troglodita. O que estou dizendo é que ela, por isso, pelo próprio prazer, fazia as piores coisas, se degradava, NOS degradava, se submetia às maiores humilhações, como o dinheiro que ele não trazia para sustentar a casa, e com o SEXO, ela fazia que não via as pencas de amantes que ele tinha, se vocês querem saber, até trazer amantes em casa ele trouxe, E TREPOU, no quarto que era meu e da Marta, eu vi, ninguém me contou.

Izaura (alterada)
— Pelo amor de Deus, pelo amor de alguma coisa, parem com isso. Não é possível. Não aguento ouvir mais nada. Vocês são como monstros, sanguessugas. Quem é que suporta isso? Vocês nunca dão trégua, sempre defesa e ataque. Temos de estar sempre com o pé no fio da navalha?

Inês
— Qual parte te ofende, Izaurinha, a das transas quentes de papai e mamãe? Tu ainda achas que foi a cegonha que nos trouxe, numa cestinha?

Izaura sai, contrariada, bufando.

Ana (andando pela sala)
— Demônios à solta, não é? Tudo bem, tudo bem. Se vai ser assim, podes esperar por revide, não da Izaura, coitada, mas alguém daqui a pouco se incomoda contigo, e a coisa vai pegar fogo.

Inês

— E eu por acaso estou agora te parecendo frágil? Há bem pouco traçaste um quadro bem dantesco da minha capacidade de ferir. Mas a Izaurinha, coitada, será que sempre vamos tratá-la por coitada, a troco de quê? Essa história me dá engulhos, coitadinha (com a voz alterada, tipo infantil), coitadinha, a que cuida de todo mundo, faz as camas, cozinha, vai à lavanderia, sabe todas as datas de aniversário, manda presentinhos e bilhetinhos, cuidou da mamãe doente, até a merda ela limpou sem dizer um ai, e ela, criatura, quem é ela? O que ela come, gosta de homem ou de mulher, terá sido apaixonada por alguns dos homens das irmãs, já ao menos pensou em usar alguma droga, para descobrir um pouco sobre si mesma? Tu achas que ela já molhou as calcinhas, que já teve sonhos de tesão, nem que fosse com São Sebastião e aquela lança enorme? Puxou fumo, tomou um porre de cair? É humana essa nossa santa irmã?

Ana

— Ela é muito humana, sim, víbora, serpente venenosa, ela inclusive foi extremamente humana contigo, no teu famoso apagão. Quem tu achas que providenciou médico e clínica para ti, quem te visitava todo santo dia, falava com os médicos, quem conseguiu, até hoje não sei como, o dinheiro para pagar o TEU tratamento, enquanto estavas completamente fora do ar, abaixo de remédios pesados, para aplacar a TUA fúria autodestrutiva, Marta estudando fora com seus doutores e teses, eu às voltas com aquele cara que tu bem conheces. Quem? Só estás viva, aqui, hoje, com essa língua bem afiada por causa da Izaurinha, coitadinha.

Inês

— Ora! Viva! Vamos ter dança hoje então, tirar os podres para fora. Já era hora. Aos fatos: sim, ela foi a minha salvação, isso reconheço, se queres saber. Já disse para ela. Eu, a monstra do Lago Ness, falei com ela sim, bem carinhosamente, podes acreditar, pouco depois que acordei de fato, isso quer dizer uns dois meses depois da minha alta, vim até aqui para conversar com ela e disse com todas as letras o quanto me sentia agradecida pelo que ela fez. O dinheiro, para a tua conta, é uma coisa ainda maior. Ela vendeu as joias que herdou da mamãe, a preço muito inferior ao que valiam, eram antigas e raras, como sabes, vinham da família da vovó, daquele ramo que tinha muito dinheiro e que depois sumiu.

Ana
— E assim mesmo tu achas que ela é uma anulada, que não tem vida própria?

Inês
— Cuidar de mim, na minha loucura, seria essa a ocupação de uma vida?

Ana
— Ora, por que não? Algumas pessoas cultivam isso que chamamos de altruísmo, que é normalmente uma QUALIDADE, sabias?

Inês
— Mas o que é isso, altruísmo? A definição de algum covarde, que não consegue se expressar em vida, que teme a opinião dos outros sobre si mesmo, o que faz ou não faz de bom e de útil, e se esconde atrás desse tal altruísmo (arrastado, com ironia). Izaura é isso, sempre teve medo de que as pessoas não gostassem dela como é, então se anula, se mata, faz tudo pelos outros para sentir-se querida. No fundo, isso é coisa de gente medíocre, eu sei, da mesma mediocridade que me beneficiou, quando o objeto desse sentimento estúpido dela fui eu, que nem estou bem certa de que ter sido salva foi alguma coisa boa para mim.

Ana
— Bom, agora não vais de novo apelar, não é? Quer dizer, oficialmente tu és agora uma curtidora da vida, dessa vida que redecoraste depois da tua doença.

Inês
— Bem assim como tu, que decidiste viver, depois de chorar por aquele cretino do Ivan, por dois anos, ou foi ainda mais?

Ana
— Ao todo, ainda mais, se eu contar o tempo que estava com ele mas ele já estava longe, só eu não via, vocês certamente viam como ele tinha mais e mais desculpas para estar longe. Inventava novos empregos, cursos, e eu esperando, rezando pra São Benedito, a cretina.

Inês
— E te faltou uma Izaura, não é, uma Izaura para te dizer as verdades por ALTRUÍSMO, sem medo de te ofender, ou até uma Izaura para te trair com ele e mostrar o cretino que era, num supremo sacrifício pela irmã?

Ana
— Mas uma Inês não me faltou, não é?

Inês
— O que queres dizer com isso?

Ana
— Inês, Inês, eu sei, EU SEI DE TUDO!

Inês (às gargalhadas, histérica)
— Mais essa agora, mais essa! E eu metida no meio dessa merda tua, desse teu desgosto, infeliz, vem aquele homem maluco, que me cercou durante meses, me pedia, me implorava, dizia que queria fugir comigo, que tinha emprego garantido em São Paulo e me levaria com ele, pior, no auge da cantada me diz que era a mim que sempre procurara, desde o início, que chegou a ti por acidente. E eu, louca, bebendo cachoeiras, fumando, cheirando, acho que se tivesse o que injetar, injetava.

Ana (chorando baixinho, bem lentamente)
— Porque, em hipótese nenhuma ias dar para ele, não é, para o marido da tua irmã?

Inês (serenando)
— Eu dei, dei, se é o que queres saber. Ou ia dar, e foi uma merda, para mim e para ele. Eu chorava que nem uma bezerra, e ele, primeiro num entusiasmo de comover e depois broxado, de joelhos, pedindo perdão. Esse foi o meu pecado. Daí veio o que chamaste de o meu apagão.

Entrando Izaura, com um copo na mão, parecendo levemente embriagada.

Izaura (meio engrolado, mas não muito)
— E agora, mamãe, o que ias achar dessas duas bezerras aqui, desmamadas e tudo mais. A maluca da mais velha e a santinha do pau oco, a mulher daquele belo Ivan, que se foi e nunca mais voltou.

Ana
— Bebendo, Izaurinha, tu, o que é isso? Não estás acostumada, daí pega logo. Pode te fazer muito mal.

Inês
— Deixa a guria em paz, castradora. Deixa ela se soltar um pouco. Afinal, é uma festa ou não é uma festa?

Izaura
— E que festa, organizei para essa tal doutora em Física na Inglaterra, e ela garanto que nem vai notar nada, ou vai criticar tudo, agora que vem com os ares da Europa, fina, com roupas elegantes e diferentes, com aquele narizinho levantado e aquela empáfia toda, que Deus nos livre e guarde. Eu, *hein*?

Inês
— Tu, o quê? Fala um pouco mais desse tu aí.

Ana
— Não carrega, Inês, não carrega!

Izaura
— Esse tu que sou eu. Essa ausência de pessoa, não é mais ou menos o que tu dizias, enquanto eu escutava atrás da porta? Essa mediocridade, que anulou a própria vida para servir, e nem foi a pátria, foi vocês que escolhi, papai, mamãe, vocês, desde que me dei conta de que não faziam coisa com coisa, que eram um bando de irresponsáveis, sem compromisso com nada. Sem mim vocês teriam morrido de inanição, ainda mais com os apertos de dinheiro que nós tivemos. Vocês, espertinhas, bonitinhas, cheias de namorados e fãs, donde imaginavam vocês que vinha a comida que se comia, as roupinhas, o dinheirinho para a futura doutora estudar, e na faculdade mais cara, que ela não era mulher de entrar na pública, no meio da negrada?

Inês
— Bom, na parte que me toca, certo, eu nunca dei por mim nessas coisas aí. O velho sempre nos fazia crer ricas, com aquela pose dele, os clubes que frequentava os carros, a ideia do nome da família.

Ana
— Que era de onde vinha o dinheiro, enquanto houve dinheiro, da herança da mamãe e da dele, que era menor, mas alguma coisa tinha.

Izaura
— Que acabaram muito antes que vocês imaginam, e depois foram só dívidas e vergonhas, pedidos de empréstimos, credores à porta, onde é que vocês andavam a essas alturas? Quem segurava as pontas era eu, a burra, a anulada. Além de organizar a casa e a vida de vocês, ainda tive que andar de amigo em amigo, pedindo quando algum título estava para ser executado e a casinha de vocês ameaçada, os carros recolhidos, que vocês fingiam que iam trocar por um novo.

Inês
— E tu no pau oco, sem ofensa, metaforicamente. Nunca pensaste em dar no pé, mandar todo mundo para a puta que pariu? Que dívidas tu tinhas com essa gente, inclusive comigo?

Izaura
— Tenho os meus excelentes amigos da cozinha. Vocês viram ainda hoje, as latas com quem eu falo e faço confidências. Elas sabem, Inês, tudo aquilo que tu queres saber de mim, tudo. Todas as manhãs, enquanto tomo café eu conto tudo. São elas, tenho as minhas loucuras, e nada mais a explicar para vocês. Sou assim PORQUE SIM. Vamos fazer como faziam na escola os professores mais burros. PORQUE SIM e acabou.

Ana (olhando firme para Inês)
— Ninguém aqui está te cobrando nada...

Inês (com as mãos em concha sobre a boca, imitando um narrador de futebol)
— ... é o que vai declarando e dizendo Ana, a irmã conciliadora dos *jeans* rasgados e da turma do escambau.

Ana (cantarolando ironicamente, apontando com o dedo na direção de Inês)
— Vai virando, vai virando, vai virando a tua roda, mulata, que um dia tu ainda vais te amargar.

As três se olham com estranheza, depois riem e repetem, cantando:

— Vai virando, vai virando, vai virando a tua roda, mulata, que um dia tu ainda vais te amargar...

Saem dançando de cena, repetindo o mesmo refrão.

Fim do segundo ato

TERCEIRO ATO

Sala arrumada para uma festa, sem ninguém.
Música suave ao fundo.
Entra um homem grisalho, com roupa extravagante, smoking, *camisa colorida, gravata estampada e tênis, acompanhado de uma mulher jovem e sensual, com roupa sensual de festa (dourada ou prateada), nada discreta.*

Pai
– Ô de casa, não tem ninguém? Meninas do meu coração, onde está o comitê de recepção de pápi?
Inês, Ana, Izaurinha, a Dra. Marta já chegou?
Onde foram todas vocês?

Pausa, olha para a acompanhante e dá de ombros.
A moça senta-se em uma poltrona com jeito de entediada.
Entra um garçom.

Garçom
– Boa noite, senhor. Deseja alguma coisa? Para beber, quero dizer.

Pai
– Pois, por óbvio, quero sim. Quero beber, mas não alguma coisa. Não quero, por exemplo, água, mesmo mineral, mesmo que seja Perrier legítima. Quero *scotch* de 18 anos mínimo, depois umas borbulhas, quem sabe Mumm's, quem sabe Cristal, quem sabe Perignon, e para depois, quando a noite já estiver agonizante, aí então vou querer um tinto de boa cepa, Margaux ou Petrus. Fui claro?

Garçom
– Se entendi bem, posso trazer um *scotch* para o senhor, em primeiro lugar?

Pai
– Excelente começo, meu rapaz. Excelente. Duplo, com duas pedras de gelo. Duas. E para a moça, o mesmo, se lhe aprouver.

Garçom
– Sim, senhor, imediatamente.

Sai o garçom.

Moça
– Tá um saco, paizinho, essa tua festa de família. Faz tempo que te disse que era ideia de jerico. Não era para ter as moças, as tuas filhas? Não disseste que elas iam ficar cabreiras com a nossa chegada? Pelo jeito não estão nem aí.

Pai
– Fica na tua melhor, que não é essa, sinceramente.

Moça
– Que é qual, se posso saber.

Pai
– Que é, por exemplo, propiciar uma noite de rei a um homem especial. Fazer um milionário tarado por trabalho se apaixonar perdidamente por ti e deixar os negócios de lado. Enfeitiçar um garoto e fazê-lo desistir do *skate* ou do *surf* para sempre. Essas coisas, não querer entender uma família como a minha, antes de checar o pessoal.

Moça
– Difícil demais para mim, não é? Burrinha...

Entra o garçom com os uísques, e serve os dois.

Garçom
— Senhor, suas filhas pedem que lhe diga que descerão em alguns minutos.

Sai o garçom.

Pai (depois de beber um gole e saborear)
— Ora, não é que parece mesmo um Johnnie Walker de 18 anos? Será que as gurias finalmente arranjaram um financiador de verdade? A Ana não, menos a Izaurinha. A Inês, essa sim pode ter conseguido. E o velho pai finalmente poderá ser aposentado com uma certa dignidade.

Moça (andando pela sala)
— Ninguém, nem música, nem nada, o que vai ser afinal?

Pai
— O mesmo que a gente pode dizer a respeito de qualquer festa antes que comece. Nada. Néris de pitibiriba. Uma festa, minha cara, é sempre uma incógnita. Pode dar deleite, satisfação, prazer extremo. Pode dar merda também, e ressaca, essa nos dois casos, mesmo com essa maravilha de uísque, se depois a gente manda outras coisas, outros destilados, vinhos e, o pior de tudo, licores. Com vários de meus amigos mais antigos a gente tinha uma senha quando alguém perguntava por uma festa, se tinha havido muita beberança, se tinha estado boa, a gente simplesmente dizia: "Estava um licor".

Moça
— Gracinhas vocês, né? Senhas, que coisa mais ridícula. A gente chegando antes de todo mundo, essa é que é inédita, essa eu não entendi.

Pai
— Nem vai, nem vai.

Moça
— Eu se pudesse também poderia te passar uma senha hoje, lá pela meia-noite, que não vou aguentar mais do que isso. Que tal "Paris de primeira classe", que tal "fim de semana no The Plaza", que tal "Não foi isso que me prometeste"?

Pai
— Foi isso, sim, que te prometi. Um desvairado, é o que sou, deverias ter sacado desde o primeiro dia. Desvairados prometem tudo, o que viram e o que imaginam, e eu vi muita coisa quando as vacas por aqui andavam gordas, assim que até as coisas que eu sonho são elegantes de verdade, não são como o sonho dos ignorantes, desses que imaginam que a Florida seja mais do que um lugar cheio de *cucarachas* com colares de ouro no pescoço e carrões do tempo em que o Elvis Presley encantava as meninas. A minha companhia tem isso de vantagem, garota. Não foste ainda, mas se fores irás aos lugares certos.

Moça
— Socorro, socorro! Estou sendo estuprada, estuprada por esse velho tarado!

Pai
— Ficaste pinel de repente?

Moça
— Ótima ideia. Assim poderei dizer a um profissional as coisas que acontecem comigo nesta vida. Fico com um cara que poderia ser meu pai, ou até meu avô, cujo charme era as experiências que contava ter vivido, as viagens, as mulheres fascinantes, os porres no meio da nobreza europeia, os cachorros-quentes comidos com os novos milionários norte-americanos, as visitas e aos generais-presidente em suas residências, íntimo do poder, e VEJA O QUE TENHO, Sr. psiquiatra de plantão: um velho que confessa ter me passado a conversa.

Era TUDO IMAGINAÇÃO, ou tudo lembrança dos tempos em que as vacas eram gordas, e nem uma vaca te sobra, cretino! Tu me estupraste, vagabundo, com essa conversa mole que me fez cair que nem a pior das patetas.

Pai
— O uísque sobe garota, mas depois desce, dá uma rebordosa danada lá pra manhãzinha.

Moça
— Uísque coisa nenhuma, mal bebi. Estou é de saco cheio dessa fria dessa festa com as mocinhas que nem se dignam a aparecer para o papai. Afinal, tu não és o ídolo das meninas, o pai herói?

Inês (entrando na sala meio apressada)
— Desculpa o mau jeito, papai. A gente ficou conversando lá em cima, botando as novidades em dia, entre irmãs que pouco se veem, tu sabes como é. E a tua amiga...

Pai
— Tem nome e sobrenome, é vacinada. E a Dra. Marta já chegou?

Inês (olhando para a moça meio indiferente)
— Prazer, eu sou Inês, a filha carrasca. E a Dra. vai chegar atrasada, os aviões, mesmo da British, só de sobrevoarem o Brasil já começam com maus hábitos, vão aterrissar com umas duas horas a mais, mas quem é que se importa?

Pai
— Ninguém mesmo, nesta província de merda.

Moça
— Educação, bombomzinho, não achas bom ter mais respeito com as tuas filhas?

Pai
— Quem disse que elas querem mais respeito, ou mesmo ALGUM respeito? Minhas filhas são mulheres modernas, emancipadas, não andam com essas frescuras de "me respeite", elas são respeitadas ao natural, pelo que fazem, pela postura que aprenderam a ter.

Inês
— ... Em casa, era o que ele queria dizer, COM ELE, também tenho certeza que gostaria de deixar bem claro, né, papai? A gente navega de tão senhoras de si, desliza nas ondas, exceto quando há tempestade, mas aí vai todo mundo se abrigar nos portos e nós também.

Moça
— Vocês dois devem estar falando por códigos, e eu já vi que o cavalheiro aqui é chegado nisso, mas acho que consigo sentir quando os alfinetes passam voando de um para o outro.

Pai
— Isso, florzinha, isso, alfinetadas, é o que nos damos, mas não se espante com essa aqui. Das minhas filhas é a maior alfineteira, depois um pouco a Ana, nunca a Izaurinha, um doce de menina, e a Dra. Marta não está nem aí para nenhum de nós, desde pequena, imagina agora que é enorme, doutora em Física, de diploma inglês na bolsa caríssima, de napa, comprada na Jermyn Street.

Inês
— Mas com a grana dela, não com a tua. Aliás, pensando na tua grana, a única coisa que se pode fazer é rir muito, urinar-se, não é, rolar pelo chão.
Baixinho, como quem fala no ouvido do pai, mas audível para a moça:
— Desculpa a gafe. Não era para a gata saber da tua dureza? Da grana quero dizer, a outra deve estar numa boa, ainda mais com os remédios novos em cima, *hein*?

Moça
— Sei coisas sobre esse teu pai, não poucas, mas também não muitas, porque o que ele mente não está no gibi. Aliás, desculpa, espero que não seja nenhuma genética familiar. De verdade, ainda não consegui saber nem um pouco quando está dizendo alguma verdade ou não. Na grana, nessa só acreditei logo que o conheci. Não leva muito para a gente saber que o cara é duro. Basta teres que pagar uma conta de restaurante, coisa que rico nenhum faz, ainda mais quando o *maitre* e os garçons começam a se olhar quando entregam a conta ao cara, como quem diz: "Aposto que ele vai tentar nos engrupir de novo".

Inês
— Mas ele continua a insistir, não é? Nos mais caros, não é mesmo? Onde já o conhecem que chegue, exige mesa bem situada, senta-se, pede coisas fora do cardápio, seduz o *maitre* e os garçons com aquele charme todo especial, mesmo os coitados que já sabem que grandes gorjetas não virão. Ele insiste, é assim que ele é.

Pai
— Insisto, porque é uma atitude nobre.

Moça
— Ou própria dos nobres, o que não dá no mesmo.

Pai
— Ora, não vamos nos chatear com isso. Hoje é noite de celebrar a Dra. Marta. Não se vai querer analisar tudo o que o papai foi ou deixou de ser. Devemos talvez lembrar da mamãe, que não está mais conosco, mas vamos todos rememorar a pessoa que deu à luz essa menina de tanto sucesso, que cuidou tanto de todos nós, que nos aguentou enquanto pôde...

O palco escurece, começa a ouvir-se ruído de conversas de várias pessoas, como numa festa, a luz vai voltando num cenário típico de um coquetel, várias pessoas de copo na mão a conversar de pé.

Num canto, Izaura e Ana conversam baixinho, Inês se aproxima:

Inês
– Alô, alô, turma da soneca, a casa cheia de convidados e vocês aí, feito duas caipiras, aos cochichos. O que é que a garota de papai vai pensar, naquele lamê todo?

Izaura
– Podia ser filha dele, nossa irmã. Quem sabe, neta.

Ana
– Mas é boazuda, do jeito que ele gosta. Aliás, do jeito que todos os homens gostam.

Inês
– O teu aquele, então, nem se fala!

Ana
– Os olhinhos reviravam. Não conseguia nem disfarçar quando tinha uma mulher dessas no pedaço.

Inês
– Pensei que ia te magoar com a minha gozação.

Ana
– Perdi, vou perder a capacidade de me magoar com aquele cara, principalmente depois daquela conversa contigo de há pouco.

Izaura
– De novo o *non sense*?

Inês
– Circula, garota, circula, quem sabe é hoje o dia do príncipe? O da Espanha já casou, mas há outros, quem sabe até o Joãozinho brasileiro.

Izaura
– Vocês duas, seguidamente fica difícil de aguentar vocês duas quando começam a chutar as canelas de todo mundo.

Ana
– Eu não sou isso. Só não gosto de passar por sonsa. Eu na verdade não ataco, só estou aprendendo a me defender.

Izaura
– Sonsa assim como eu?

Inês
– Vamos sair dessa, que é fria, e aí vem o xamã, com a gata a tiracolo.

Chegando o Pai com a Moça:

Pai
– E aí bonecas, por onde anda a nossa doutora?

Ana
– Daqui a pouco chega, a Izaura mandou o carro com motorista ao aeroporto.

Inês
– Chique *hein*? Imagina a plebe que vai ao local para ver os aviões pousarem e decolarem, imagina a doutora descendo de peles e botas finas de napa, com 10 malas e um motorista uniformizado esperando? Vai para o jornal, fácil, fácil.

Pai
— Como convém, como convém.

Ana
— A quem, cara-pálida? Alguém na cidade ignora que estamos todos falidos, quebrados, quebradinhos? Fica bem uma coisa dessas, tipo um acinte, um achincalhe? E o gerente de um dos bancos onde deixaste papagaios mortos, se estiver passando por acaso, ou o cara do SPC?

Pai
— Ora, dívidas são coisas elegantes. Quem sabe disso são os economistas e os ministros. Vários deles já disseram que é ótimo ter dívidas, isto é exclusivo de quem tem certas exigências de vida, bem acima do povinho ou da *middle class*, pobrezinha.

Inês
— Essa que paga impostos, trabalha o dia inteiro e não deve nada para ninguém? É bom me contar fora dessa, do batalhão dos ministros e economistas. Estou do outro lado agora, comandante. É tristinho, assim mesmo, mas, olha só, bom de deitar a cabeça no travesseiro e dormir e de não ter que fugir dos oficiais de justiça na tua porta.

Moça
— Mas que belo exemplo, que belo! Sangue do teu sangue, pápi, trabalhando? De sol a sol?

Inês
— Mantendo as pernas fechadas e a boca só engolindo alimentos, tipo arroz e feijão, sim senhora. Mas reconheço todas as profissões, todas dignas, inclusive a mais antiga do mundo. Que, por sinal, identifica logo quem exerce, basta uma olhadinha rápida.

Moça
– Puta é a mãe!

Inês
– Sem exageros, que é isso? Precisa descer ao palavrão assim? Temos variadas e elegantes descrições para o *metier*, pessoa de vida airada, terapeuta sexual, *escort*, e por aí.

Moça
– Eu vou... (ameaçando alguma coisa)

Izaura
– Por favor, por favor, vamos manter a calma.
Para a moça:
– Minha irmã mais velha é assim meio estourada, mas tenho certeza que não quis ofender. Ela costuma gozar com a cara de todo mundo, principalmente com a dela própria.

Ana
– Mas não sempre, às vezes ela prefere fazer elogios enormes. Nesses dias se fosse jurada num programa de televisão seria como a Márcia de Windsor, nota 10 pra todo mundo. Aliás, que nome lindo. Eu adoraria me chamar Ana de Windsor...

Moça
– E se ninguém costuma notar nada nesses papos de vocês, imagino que os outros convidados são todos loucos de pedra e do mesmo saco.

Inês
– Na mesma linha de pápi, mas esse tu conheces bem, imagino?

Moça
– O teu pai? Doido de pedra também, mas no meu caso, como caí bem direitinho na conversa dele, é melhor não dizer o

que penso dele, senão vou atentar contra mim mesma, que ninguém me obrigou a ficar com ele. Apenas acreditei numas certas vantagens.

Inês
– E quem é que não gosta de levar umas certas vantagens, não é mesmo?

Ana
– Pois é a tal da Lei de Gérson.

Izaura
– Gérson, quem é Gérson, alguém faça o favor de me explicar?

Pai (reentrando em cena)
– Um famoso jogador de futebol, que fez uma propaganda de cigarro para a televisão e causou enorme escândalo só porque disse que o cigarro era bom e barato e que ele "gostava de levar vantagem em tudo, certo?"

Inês
– No teu caso, jamais acreditarias em algo que fosse barato e à tua altura, não é? Quem sabe tu pudesses fazer um outro reclame: "Não se iluda com coisas baratas, exija sempre o melhor".

Pai
– Então, foi exatamente o que procurei transmitir a vocês. Exijam o melhor.

Ana
– Vai daí que a doutora, chegando de Londres, depois de doutorada, com essa genética do melhor dos melhores, meu bom Deus, quem vai conseguir aguentar?

Izaura
— Eu, não é, que vão todas embora, cada uma para o seu lado, cuidar das suas vidas, e vou ficar aqui de guardiã, cuidando quem sabe da agenda da doutora, passando os terninhos franceses ou italianos, atendendo os telefonemas dos namorados, marcando e desmarcando compromissos e sendo chamada de burrinha a cada contrariedade de Sua Excelência...

Inês
— TU, é o caralho, se é que já chegamos a essa ponto. TU é o caralho. Só vais entrar nessa se quiseres. Aliás, já podes ir saindo agora mesmo, aproveitando o clima de cerimonial, todo mundo de aparência caprichada e as taças de espumante à mão, podes muito bem te mandar para sempre dessa merda em que te meteste, consistindo em mandar-nos todos à merda e procurar a tua vida, de qualquer jeito, mesmo que sozinha, mesmo que apanhando para viver sem que ninguém dependa de ti.
— DEIXA ESSES LOUCOS TODOS NA MÃO, te juro, Izaurinha, quase todas as merdas em que me meti iam sumir um pouco se conseguisse te ver saindo sozinha dessa prisão.

Moça
— Bom, a discussão está ficando familiar demais para mim. Se me desculparem, vou saindo de fininho.

Pai (ignorando o comentário e a saída da moça, respondendo à Inês como se a moça não tivesse falado)
— Oba, oba, confusão?

Ana
— É, velhaco, confusão. É, cretino, confusão, coisa que vem de ti. A única porcaria que conseguiste conosco foi isso, em tudo o que falta caráter e retidão. Em todas essas merdas em que fomos nos metendo, lá estava a tua mãozinha para levar a gente mais para baixo

no poço, diabo, arauto da sem-vergonhice, fraco, pusilânime, baixo, BAIXO, BAIXO (aos gritos, indignada, mas sem chorar).

Izaura
– Por favor, por favor!

Inês
– Nada de POR FAVOR com esse cara. Deixa apodrecer, deixa apodrecer!

Pai
– Ora, não vamos exagerar nisso também.

Ouve-se um ruído de um carro que estaciona, uma porta bate, alguns passos e a campainha soa. Todos se olham, ninguém sai do lugar, exceto Inês, que vai abrir a porta.

Dirige-se a um hall *em que a porta não está à vista do palco. Abre-a. Pode-se ver a folha da porta aberta. Inês então olha para a pessoa no umbral e diz:*

– BOM DIA, MUITO BOM DIA, AMADA PROFESSORA! ESTÁVAMOS TODOS AQUI ANSIOSOS À SUA ESPERA!

CAI O PANO.

A escolhedora de feijões

PEÇA EM TRÊS ATOS

Personagens
Ledinha (a filha, mulher de 35-40 anos, desgrenhada no início, depois de cabeça raspada)
Tadeu (o pai, homem de 65 anos, marido de Izaura, parecendo bem mais moço, de terno e gravata)
Izaura (a mãe, velha senhora): encurvada, baixinha

ATO 1

Luz em um canto do palco, num banquinho a velha senhora escolhe feijões de mansinho.

Izaura
– ... como se não gostassem da minha comida! Sempre gostaram, sempre comeram de se lamber. A Ledinha só não quando estava indisposta, essas gripes que ela pegava quando ficava até tarde na casa das amigas. Tadeu, sim, sempre gostou da minha comida. Afinal, desta casa e desta família cuido eu.

Luz sobre o centro do palco, entra Ledinha, caminhando do escuro para a luz.

Ledinha
– Mãe, mãe, cheguei! Onde estás? Sai dessa cozinha, mulher, vem aqui, tenho umas coisas para te contar. Sensacionais, loucura, pura loucura!

Entra Tadeu.

Tadeu
– Que loucura é essa, *hein*, Ledinha? Alguma coisa aconteceu na Educação hoje?

Ledinha
– Muita mulher junta, pai, dá nisso. Reunião de professores, sexta-feira à tarde, as velhotas com os joanetes ardendo, as casadas com outras coisas ardendo, de premência, deu no que deu.

Tadeu
– Que linguajar, minha filha. Não que não possa aceitar e entender o que se fala hoje em dia, mas, por favor, fica deselegante, simplesmente isso, fica deselegante.

Ledinha
– Tá, sei. Mas olha, aquelas ardências todas e a reunião começa com um calor de 35 graus, só ventiladores e a papelada voando, a mulherada já viaja um bocado na maionese ao natural, começaram a discutir um novo plano educacional, projeto de alguém, uma das velhotas, eu acho.

Tadeu
– Algumas bem graduadas, tu sabes, com mestrados e doutorados.

Ledinha
– Ora, sei sim, e daí, a mesma merda, se tu queres saber.

Tadeu (chamando alto)
– Izaura, Izaura, tu não vens para a sala com a gente?

Ledinha
— Ouve só, a reunião ainda não tinha meia hora e o tempo fechou, um arranca-rabo daqueles, primeiro falando coisas bem técnicas, depois gritavam e se ofendiam, "sua isso, sua aquilo, não finge que não sabes que teu marido comia todas as empregadas dentro de casa", ou "não adianta querer esconder que teu irmão deu desfalque no banco e foi parar no presídio", uma zoeira total.

Tadeu
— E tu na escuta.

Ledinha
— Ora, eu sou ou não sou a secretária daquela porra?

Tadeu
— De novo? Já não pedi?

Ledinha
— Tá certo, vou moderar. Mas daí veio a fase dois, as lágrimas. Como choram aquelas loucas, a gente nem acredita. Feito bezerras desmamadas, primeiro aos soluços, depois aquela cachoeira de lágrimas, a chefona desesperada pedindo calma, chorando também e depois um silêncio e decido entrar com um cafezinho, cretina, e o que vejo? Reconciliação, duas abraçadas se alisando, um chamego de dar gosto. Por falar nisso, chamego e calorões, que tal um drinque, *hein*, Seu Tadeu?

Tadeu
— Meio cedo, não é?

Ledinha
— Tardezinha, desde quando é cedo?

Luz de novo no canto, onde a velha senhora continua com os feijões.

Izaura
– ... eles comiam e não reclamavam. Comiam e a casa estava sempre arrumada, o quarto da Ledinha sempre perfumado, com colchas de linho, o guarda-roupa dela eu mesmo organizava, e ela às vezes tinha que me perguntar onde estava guardado certo tipo de roupa. A roupa do Tadeu também, os ternos eu passava, mesmo quando vinham da lavanderia, as camisas brancas naquele tempo a gente tinha de engomar, e ficavam uma beleza. Nunca que ele tivesse cerimônia na Confraria deixei de ter o terno, a camisa, e gravata e os sapatos impecáveis prontos. Era a minha obrigação e eu fazia, sim senhores.

Luz de novo na sala, Tadeu sozinho.

Tadeu (caminhando)
– No jornal, no jornal! Um escândalo, no jornal que todo mundo lê. O que os confrades vão pensar? O meu nome, o nosso nome! "Mulher alcoolizada é presa e provoca tumulto no Pronto Socorro" (lendo a manchete de um jornal). Minha filha, sangue do meu sangue! É agora que a Izaura morre!

Lendo do jornal: ... caminhava cambaleante por uma calçada com uma garrafa na mão, caiu sobre o capô de um carro estacionado e começou a soquear a lataria, aos berros.
... levada ao Pronto Socorro com um ferimento na cabeça, ensanguentada, começou a gritar e a chamar:... TRAGAM MINHA MULHER, TRAGAM MINHA MULHER!
... foram necessários dois homens para contê-la, e o cuidado com o ferimento foi de extrema dificuldade.
... Fulana de Tal, portava documentos, tem profissão e emprego, foi liberada horas depois, devidamente autuada. Vai responder processo por danos materiais em liberdade.

Entra Ledinha, com um curativo na cabeça.

Ledinha
— E a Confraria, *hein*, seu Tadeu? Te deixei mal na foto, não é? E os vizinhos, esse bando de babacas, defuntos que esqueceram de enterrar? Deixei todo mundo mal, sem falar na Dona Izaura, deitada há dois dias, não come, não quer falar comigo, só chora bem baixinho. Por mais durona que seja, me corta o coração. Alguma sugestão?

Tadeu
— Não, minha filha, nenhuma sugestão.

Ledinha
— Mas por certo queres saber que negócio é esse de eu pedir a presença da MINHA MULHER.

Tadeu (cautelosamente)
— Querer saber, assim, morbidamente, como uma curiosidade qualquer, eu não quero.

Ledinha
— Mas e se for não como curiosidade, mas como um meio de conheceres finalmente a tua filha?

Tadeu (com as mãos na cabeça)
— Mas é assim que queres as coisas, ditas, aos berros, para todo mundo saber, não basta que tenha saído no JORNAL. Isso NÃO TE BASTA?

Ledinha
— Durante anos vivi nesse faz de conta aqui de casa, Dona Izaura concentrada na comida e na casa, tu saindo para a rua a toda hora, primeiro sem desculpa nenhuma, depois oficializado por essa tua confraria secreta de machos. Estou cheia disso, desses subenten-

didos, não tenho nada a esconder de ninguém, não cometi nenhum crime. São as minhas preferências, como a de qualquer ser humano, claro, fora os daqui de casa, que mais parecem não ter absolutamente nenhuma preferência, e por nada deste mundo.

Tadeu
– Mas por que TU TINHAS QUE BERRAR ISSO PARA O MUNDO? Não achas que se pode manter isso na mesma intimidade que mantemos com as nossas secreções?

Ledinha
– Eu não estou falando aqui de nenhuma SECREÇÃO. Eu não cago, eu não mijo, eu não suo, não choro e não cuspo nessa matéria que estamos tratando. EU TREPO, Seu Tadeu, e com MULHER, é das mulheres que eu gosto, talvez deva dizer INFELIZMENTE, mas é assim que eu sou.

Luz novamente no canto da velha senhora.

Izaura
– ... Ela vinha sempre tarde, cada vez mais tarde. Eu me preocupava muito, não dormia, ficava pensando se estava agasalhada, se tinha se alimentado, se não andava por aí de automóvel, arriscando um desastre...

... muitas amigas, ela tinha muitas amigas, que vinham aqui, às vezes ficavam para dormir, mas quase sempre Ledinha ia para a casa de alguma delas, e aí eu me preocupava menos...

... rapazes quase não conheci, só Alberto, quando Ledinha foi noiva, quase casou. Era um amor de rapaz, educado e gentil, bonitão até, mas ela sempre tratou ele mal e acabou o noivado sem que ninguém soubesse muito bem por quê...

... Tadeu ficou desconsolado, me disse que o rapaz o procurou depois, disposto a tentar algo sobre algo, não entendi bem o que era...

... Ledinha bebia, assim como Tadeu, mas mais, bem mais...

... A princípio eu falava, mas ela ficava tão furiosa, um dia ameaçou sair de casa, e assim não falei mais...

... Mãe é isso, de sofrer sem poder dizer nada!

Luz novamente na sala, os dois sentados em poltrona, de copo na mão.

Tadeu (engrolando)
— E essa hepatite, minha filha? Não era para estares evitando bebida?

Ledinha
— Pra quem acredita em médico, esse bando de sanguessugas, minha saúde está melhor do que nunca. Veja, sem querer fiquei com dois copos de uísque na mão! Dois! Vamos beber isso, viva a abundância, viva a mais completa e a mais louca das irresponsabilidades!

Tadeu (mais engrolado ainda)
— Viva, viva, e vivam também todos os malditos escoceses para sempre!

Fim do Ato 1

ATO 2

Luz novamente na sala, Ledinha sentada sozinha em um sofá.

Ledinha
— Vão pra puta que pariu todo mundo! Que se danem, que levem esses escrúpulos todos para as suas casinhas e suas vidinhas de merda! EU NÃO PRECISO DE NINGUÉM, NÃO PRECISO!

Anda um pouco, cambaleante, olha em direção à plateia.

— Se a minha mulher me abandonou e não me quer mais e nem me lixei, por que ia me importar agora com essas merdas de médicos a me encherem o saco com essa tal de DOENÇA? Por acaso estou pálida (puxando a pele do rosto), ANÊMICA (abaixando a pálpebra inferior, como quem se olha em um espelho)?
Estou é FORTE E SÃ, lisa como uma maçã bem madura!
PRA PUTA QUE PARIU! PRA PUTA QUE PARIU TODO MUNDO.

Luz no canto da velha senhora.

Izaura
— Ela estava ficando mais fraquinha. Eu via, eu dizia, Tadeu não me ouviu nunca, aquela delicadeza dele comigo e com todo mundo. Aquele sorriso sempre parado. Mas também aquela mania de não deixar a gente tentar fazer algo por ela, chamar alguém em casa, quando ela estava, um médico, uma das amigas que ela ouvisse. Nada. Ele sempre me dizia que não era nada, uma gripezinha, algo que ela tinha comido. Mais nada. Mais nada.

Luz na sala, Tadeu entra, roupa amarfanhada, cabelos despenteados, carregando uma mala.

Tadeu
— Izaura, onde estás? Ledinha não veio? Disse que vinha, combinei com ela. Garantiu.

Liguei do aeroporto, tu sabes. Aí achei o Souza, meu confrade, aquele de Santa Maria, lembra? Convidou para um chope, conversamos, perdi a hora. Mas estava certo de que ela tinha vindo, que ia me esperar aqui.

E o meu Isordil, tu viste? Na viagem precisei, não tinha levado, não quis gastar, lembrei que em casa tinha bastante.

Aproxima-se de uma porta aberta, fala, como se dirigindo a quem esteja em outra peça.
Sentando-se em uma cadeira, tirando a gravata, as meias e os sapatos para pôr os chinelos.

Tadeu
— Ora, não é tão tarde assim. (ouve)
— Foi, foi cansativo e maçante, como sempre. (ouve)
— Eu gosto, tu dizes? Ora, é a minha obrigação, não é? São muitas coisas que existem e não posso explicar nem para ti. (ouve e responde rápido)
— Ora, como é que me preocupo mais com isso do que com nossa filha? Não são comparáveis essas coisas, e a Ledinha é uma mulher feita, não precisa que eu fique a toda hora interferindo na vida dela.

Caminha, serve-se de um drinque.

Tadeu
— Ela não nos quer mais remexendo nas suas coisas. Eu sei, tu és mãe. Eu sei. (pausa)
— Paciência, ela nos quer longe. (ouve)
— É, mas eu preciso e vou falar com ela. (rápido)

— Testes, que testes? Exames, tu queres dizer? Se fez? Acho que sim, disse que eram de rotina. Não, Izaura, não sei de resultado nenhum, ela não me disse.

— Uma doença grave? No fígado? Quem é esse médico? Vou ver na Confraria alguém que possa dar uma informação sobre ele.

— Não fica nervosa, não chora, isso há de ser algum exagero. Sabes como estão essas coisas hoje. Muitas vezes procuram exagerar para apresentar contas mais salgadas.

Ruído de campainha, Tadeu dirige-se a outra porta, abre-a, entra Ledinha, de cabeça raspada.

Tadeu
— O que é isso, minha filha? Mas e essa novidade? Que guinada é essa, pode-se saber?

Ledinha
— Ora, te referes ao cabelo? Me deu na telha, pronto. Que importância tem isso, as bombas caindo, os ladrões à solta, nenhuma autoridade tratando de nos proteger e tu queres saber por que cortei meus cabelos? Ora, porque é verão e fica mais fresquinho!

Tadeu
— Mas logo agora? Não andaste tendo problemas no teu emprego?

Ledinha
— Problemas? Não, absolutamente. Aquela vaca só está insistindo para que entre em licença, o que quer dizer que ela não me quer por perto, PORQUE EU INCOMODO COM AS CRÍTICAS QUE FAÇO, só por isso.

Tadeu
— Que tipo de licença ela quer que tu tires?

Ledinha
– De saúde, ora, foi o que ela inventou.

Tadeu
– Mas então há algo mesmo com a tua saúde?

Ledinha (olhando dissimuladamente para a porta onde estaria Izaura, em voz baixa).
– Por favor, por favor! Dona Izaurinha vem me martirizando com essas perguntas, agora também tu?

Tadeu
– Mas como? Afinal, isso é verdade ou não?

Ledinha (de novo baixinho)
– Ora, é uma bobagem, uma tal hepatite, parece que crônica, mas isso não quer dizer nada, não precisa nenhum tratamento, não vou morrer hoje nem amanhã. Encontrei agora um médico legal e vai ficar tudo bem.

Tadeu
– Me tranquilizas então?

Ledinha
– Claro, jogo limpo, jogo limpo, Seu Tadeu. E a Confraria, a propósito?

Tadeu
– Vai indo como sempre, muito velório, muita visita em hospital e as cerimônias, aquelas coisas todas.

Ledinha
– Aqueles segredos tenebrosos, queres dizer, que nem tua filha pode saber, não é?

Tadeu
— De tenebroso não há nada. Mas temos nossas convenções, sim, que são reservadas, segredos, se tu quiseres. Mas as pessoas também podem ter segredos e mistérios, não é?

Ledinha
— Não comigo, Seu Tadeu, que já abri contigo e fugiste da raia. Não tenho segredos, sou um livro que se abre em qualquer página. Já passei da fase de sentir medo de que alguém me "saque". Agora sou mais eu, em tudo. Se ninguém me aprecia assim, bem isso já é outra história.

Tadeu
— Alguém não te apreciar pode ter a ver com esse tipo de esquisitice, se queres saber. Isso espanta gente. Não adianta vires com esses teus argumentos de que não te importas com os outros. Tu te importas, todos neste mundo se importam. Ainda está por nascer alguém absolutamente desligado do modo como o resto da humanidade o vê.

Ledinha
— O que faria de mim uma masoquista, em pleno processo de autodestruição?

Tadeu
— Minha filha, com todo o cuidado que tu me mereces, será que não é isso que está acontecendo? Tu buscando te tornar mais e mais imprópria aos teus próprios olhos?

Ledinha
— Defina "imprópria", Seu Tadeu.

Tadeu
— Ora, indesejável, uma pessoa que não atrai os outros para si, que os repele. Alguém que não procura gostar um pouco de si.

Ledinha
— Bom, bom, isso está ficando muito bom. Assim posso ouvir alguma opinião tua a meu respeito, fora daquelas lorotas que tu contas para os teus amigos sobre mim desde pequena: vou muito bem na escola, um sucesso, passei no vestibular de uma grande carreira, estou empregada no melhor dos lugares, SERVIÇO PÚBLICO, QUADRO GERAL, veja só; sou noiva, vou casar com aquela beleza de rapaz, tenho muitas amigas, viajo, sou muito feliz. Esqueci alguma coisa, faltou alguma pedra nesse colar de mentiras e ilusões?
— É esse o SEU MUNDO, Sr. Grão-Mestre da Confraria dos Atônitos? É assim que funciona: vamos contando as coisas que gostaríamos que acontecessem e depois de algum tempo elas se transformam em verdade?

Tadeu
— Não vais me fazer dizer que detesto o que tu és, eu espero.

Ledinha
— Não, e amanhã por volta das seis o sol não vai nascer, nem vai ficar alto depois das dez, nem vai cair no fim da tarde. O mundo vai dar as suas voltas, como sempre, e o senhor preferiria, sim, JAMAIS TER SAÍDO DA SUA SOLIDÃO, jamais ter casado, jamais ter tido esta filha. Para meu próprio consolo, acho que não só a mim não gostarias de ter tido, a qualquer filha, mesmo uma dessas cadelinhas que fedem de tanto orgulho que dão para os pais.

Tadeu
— MINHA SOLIDÃO (soluçando alto), MINHA SOLIDÃO? Minha filha, mas e a TUA SOLIDÃO? Pensas que não posso ver isso em ti? Se estás dizendo, será então hereditário, terei te transmitido esse gene terrível, porque tudo o que vejo é tu vagares pelo mundo, sem gostar de nada, sem apegar-se a nada, sem agarrar-se a ninguém, SOZINHA, como eu, tu me dizes? SERÁ DISSO QUE FUJO, de te

ver assim, como num deserto, caminhando sem rumo algum? SERÁ ISSO TUDO O QUE TE TRANSMITI?

Luz sobre a velha senhora.

— Tadeu nunca dizia nada dentro de casa. Nada assim como uma opinião sobre o que a gente deveria fazer em relação à nossa filha, ou a qualquer outra coisa. Seu olhar sempre estava distante. Se estava em casa, lia ou via televisão, fazia as refeições em silêncio, mas se eu falava, me olhava com aquele sorriso atencioso, mesmo quando não estava prestando a menor atenção ao que dizia. De certa forma, os dois eram muito parecidos, silenciosos, fechados em si mesmos e eu sempre a puxar assunto, a tentar que os dois se falassem, se entendessem. (pausa)
— Acho que ouve uma hora em que ele percebeu como a filha estava doente, um momento, um instante em que a dor lhe veio como se fosse a primeira que sentia em sua vida inteira...
— Quando ela piorou e foi para o hospital, depois em todos aqueles dias terríveis em que esteve em coma e quando morreu e foi velada, em nenhum momento ele chorou, esteve sempre quieto, mas a mim pareceu que chorar teria sido um alívio para ele, que sofreu como um animal ferido sofre, naquele silêncio que era mais do que um grito da dor mais profunda.

Fim do Ato 2

ATO 3

Tadeu sozinho num quarto feminino, sentado na cama.
Batem na porta...

Tadeu (falando para quem está do outro lado)
– Izaura, me deixa, estou bem, quero ficar aqui algum tempo, se não te incomodas. Aqui, no quarto da minha filha, que mal pode haver nisso? Aqui onde ela vivia, aqui onde deve ter tido ao menos algum sonho quando era menina, tu te lembras disso? De que tivesse um sonho, ganhar uma bicicleta, passar as férias nalguma praia?
– Não, isso não é me torturar, não senhora. Quero apenas me lembrar dela, sempre, e tentar entender tudo o que não consegui quando era viva.
– Porque ela está morta, não está?
– A minha filha, o meu único bem, ela está de fato morta, ou terei eu sonhado que carreguei o seu caixão, que lhe toquei o rosto antes que fechassem aquela tampa?
(deitando-se na cama)

A voz de Ledinha
– O que é isso, Seu Tadeu? Dramatizando?

A voz de Izaura
– Tadeu, deixa em paz a menina. Agora sou eu que te peço.

Tadeu (soerguendo-se)
– Mas eu não estou querendo te tirar da tua paz, minha filha. EU estou tentando saber se tu me deixaste algo da tua vida que me reste, algo que possa me provar que não viveste para nada.

A voz de Ledinha
– E se eu não tiver mesmo algo para ti, o que vais fazer? Suicídio, Seu Tadeu?

A voz de Izaura
— Tadeu, mas que coisa, nem depois de perder a tua própria filha, não entendes o que os mortos mais precisam, descanso, paz?

Tadeu
— Suicídio, é claro, já me ocorreu. Como a todo o mundo, ao menos um pouco, algum dia. Mas não mais agora. Agora, o que mais queria era isto: ENTENDER! SABER! OUVIR A VERDADE!

A voz de Ledinha
— Que é isso, Seu Tadeu, endoidou? Em vez daqueles olhares e sorrisos indiferentes, em vez de deixarmos as coisas bem escondidinhas, as secreções, te lembras? Agora queres OUVIR AS VERDADES? E se doer?

Tadeu
— Nada pode ser maior do que a dor de perder uma filha. NADA PODE SER MAIOR. A filha que amava, do meu jeito, mas amava. A filha que não procurei entender e apoiar, preso nas aparências, em montar uma fachada de família onde nunca ouve.
— EU FUI UM CEGO, mas agora pago com a dor da tua ausência, que ninguém pode medir, que ninguém. Pode sequer imaginar o que seja.

A voz de Izaura
— Não te martirizes assim. Não penses que és o único a sofrer no mundo. Não sejas covarde, enfrenta essa dor, pode ser que amanhã tu já não te lembres dela.

Tadeu
— Por que tu me ofendes assim? Por que estás pensando que meu luto é falso? ESTOU CHORANDO A MINHA FILHA AGORA, não na hora que ela estava naquele caixão, deitada, e eu nem consegui chegar perto e olhar. Mas isso não diminui o que sinto, mui-

tas carpideiras que choravam à nossa volta nem sequer a conheciam bem, outras brigavam sempre com ela, falavam mal, diziam que ela era insuportável.

— Me deixem só agora. Não só os mortos, eu também preciso um pouco de paz, a que só vem do silêncio e da luz.

Diminui a luz, luz novamente no canto de Izaura, na mesa da cozinha.

Izaura
— Tadeu sempre foi um mistério para mim. Começando com nosso casamento. Por que mesmo foi que ele se casou comigo? Eu nunca fui bonita. Nem interessante, nem fui pessoa de personalidade forte, dessas que dominam de tal maneira os homens mais fracos que eles às vezes nem mesmo percebem a feiúra. Então, por que escolheu a mim, entre tantas – e ele era um tipão! Por que a mim e não a tantas bonitas que teriam dado um braço para casar com ele?

A voz de Ledinha
— Seria VEADO, mamãe, tentando esconder-se num casamento contigo, manter certas aparências, como ele tanto gostava?

Izaura
— Confesso que, lá no fundo (pausado), algumas vezes pensei nisso. Ele nunca foi um homem fogoso, não chego a tanto. Mas não tive do que me queixar nos nossos primeiros anos em casa, ao menos não em QUALIDADE, se realmente queres saber. Sou bem da minha geração, se era bom ou não é assunto meu, se chegava NAQUELA SENSAÇÃO MÁXIMA também. Mas se isso fosse assim ou assado, não teria voz para me queixar nem para exigir nada, não se usava, não era alguma coisa que se pudesse enxergar como uma espécie de direito da mulher. Mas eu sou uma velha. Hoje as coisas são como são.

Tadeu (volta a luz no quarto de Ledinha)
— Nem minha mulher, nem minha filha... Durante muito tempo não via nenhuma das duas, elas não existiam para mim. Não existiam mesmo. Passava dias, semanas, meses absorto, indo a cinemas, a bares, algumas vezes procurei mulheres... Nunca me liguei a nenhuma, não do jeito que muitos caras fizeram porque tiveram uma paixão fora de casa, uma amante, uma namorada outra vez, depois de certa idade. Não eu. Nesse delírio de viver como que anestesiado não conseguia sentir esse tipo de coisa, só aquela vontade de que os dias passassem naqueles pequenos prazeres, o escuro do cinema, por exemplo, saindo às vezes de uma sessão para outra. Cheguei a ver três filmes em um dia, a ver o mesmo duas vezes. E nos bares comecei a beber.

A voz de Ledinha
— Não do mesmo jeito que eu, né, Seu Tadeu? Não sabendo que estava em processo de destruição de si mesmo, não propositalmente, detestando a bebida, o gosto, as ressacas, as garrafas se acumulando pelos cantos.

Tadeu
— Não, acho que assim não. Era uma inconsciência, não costumava pensar muito nisso nem dizer a mim mesmo que estava quase sempre triste ou amargurado. Talvez muito seguidamente pensasse que era um modo absurdo de viver, deixar passar o tempo e ir procurando várias formas de anestesia. E também não encontrando com mais clareza algum motivo central para essa desdita. Mas pensava muito em ti nessas horas, minha filha.

A voz de Ledinha
— ... em como tu gostarias que eu fosse outra, que não te envergonhasse com os teus amigos da confraria, que tivesse marcas do sucesso para que pudesses exibir, que tivesse casado com o Alberto e te dado uns dois ou três lindos netinhos, não é?

Tadeu
— Não, não é isso. Muitas vezes pensei que queria que tu fosses "normal", vamos dizer assim. Mas os pais entendem, mais cedo ou mais tarde, que os filhos são o que são e nada há mais a fazer a não ser ter amor por eles ou desistir deles. Com muita dor devo te dizer, agora que não estás mais aqui, que DESISTI DE TI, há muito tempo, de várias formas, como se tivesse amputado um braço para não ser esbofeteado, como se tivesse fechado um ouvido para não mais ser insultado.

— (ajoelhado) ESSE FOI O MEU MAIOR PECADO: EU DESISTI DE TI, MINHA FILHA, EU TE ABANDONEI, EU SOU ISSO, UM FRACASSO TOTAL DE SENTIMENTO, UM MERDA QUE FEZ ISSO E PASSOU O RESTO DA VIDA PEDINDO PERDÃO COM ESSAS PANTOMIMAS DE VISITAR DOENTES E SER SOLIDÁRIO COM OS QUE PERDIAM AS SUAS FAMÍLIAS.

— EU SOU ISSO, EU SOU SÓ ISSO!

Izaura
— Tadeu era uma pessoa que não vivia, isso foi o que muitas vezes pensei. Nunca teve uma discussão com alguém por alguma coisa em que acreditasse, nunca se alterava com nada, com uma notícia de jornal, o que acontece com quase todo mundo, com um acontecimento da rua. Nem parecia gostar das pessoas, nem parecia desgostar ou odiar alguém. Era como um sonâmbulo, dormindo e caminhando, dormindo e caminhando, como quem caminha sem ter um destino e nunca se pergunta por quê.

A voz de Ledinha
— E a senhora nunca enfrentou o homem nisso, nunca o acusou de ser infeliz no casamento e covarde para cair fora?

Tadeu (vindo para a frente do palco)
— Nada disso podia me afetar. Nem se a Izaura dissesse que ia embora ou que me pedisse para ir embora. Nada mesmo. Só a impos-

sibilidade de me esconder em alguma coisa, como fiz, só um espelho, que tivesse me mostrado com clareza QUEM EU ERA. E sou pouco, muito pouco. Para o bem do mundo, minha semente se foi, eu não era mesmo algo que devesse continuar.

O mundo vai ser bem melhor assim, eu posso muito bem garantir.
(cambaleando pelo palco)
(ajoelhado)
Izaura, Izaura, Ledinha, Ledinha, não me deixem, não me deixem, não quero mais ficar só, não quero mais, não quero mais...

CAI O PANO

Os músicos de fado

PEÇA EM TRÊS ATOS

Beto e Chico – os músicos
Bibi – a estrela
Seu Santos – o dono do restaurante português
Alice – a mulher de Chico

ATO 1

Mesa de bar, a luz cresce lentamente e estão os dois sentados, um abraçado ao bandolim o outro com o violão encostado na mesa ao seu lado.

Beto
– Os cretinos nem mesmo se dignaram a rir um pouco mais baixo. Um deles chegou a nos olhar, numa hora em que de tão brabo eu praticamente espanquei as cordas, fiz um acorde tão alto que parecia um foguete que subia para arrebentar esse teto imundo.

Chico
– E o pior, nem mesmo uma triste moeda de um real no chapéu. O Seu Santos passou a certa altura por perto e deu uma espiada, como quem não quer nada. Ele fica louco de ter que nos pagar aquela mixaria e ainda vem olhar se tem gorjeta. Devia esfregar aquela cara velha e feia no chão.

Beto
– Um dia, irmão, um dia.

Chico
– Que deverá ter o nome de algum santo, Santo Onofre, Santo Olinto, São Benedito, algum desses que olham uma vez em cada século para os miseráveis como nós.

Beto
– Ou uma santa. Quem sabe a própria Santa Amália?

Chico
– Não brinca com coisa séria. Com ela não, deixa a estrela em paz, que ela navega numa noite daquelas em que a lua está endiabrada e brilha até mais não poder, e o mar fica aquele prateado como se fosse uma pradaria, enquanto ela canta tudo o que sabe, o que é o infinito. Não chama ela de santa. É pouco!

Beto
– Tá bem, não queria tocar nos brios. Nossos, né? Mas precisamos pensar em algo. Já esgotei tudo o que podia na pensão, já prometi, já me escondi, já jurei. Outro dia a velha bruxa não saía do corredor que dá para o meu quarto, e eu espiava por uma janela, e ela circulava para lá e para cá, lá fora um frio brabo e eu, sem coragem de entrar e dar com ela, acabei ficando mais de duas horas no relento e depois entrei no escuro que nem um gato, e fui me arrastando para a cama, donde fujo cada vez mais cedo.

Chico
– E os teus amigos do bicho, não te dão mais colher de chá?

Beto
– Dar até que dão. Mas anda uma onda de brabeza policial, a imprensa andou pegando no pé de alguém e tá todo mundo na encolha. Até o povinho parou de apostar e eu nada, né? Enciclopédia, também ninguém compra. O que mais sai é couro da minha sola. Já andei quase o Partenon inteiro, e a Glória, e a Medianeira, e nada.

Outro dia me atende um guri, desses metidos a espertos, de óculos redondinhos, e me pergunta se eu não vendia enciclopédia em CD-ROM. EM CD-ROM! Eu morto, me doía cada osso do corpo, tinha andado o dia inteiro, e nada, e o guri me pergunta aquilo. Sabes o que disse?

Chico
— Mandaste longe?

Beto
— Eu disse: — CD-ROM É A PUTA QUE PARIU, GURI DE MERDA! E me mandei, que a cobra podia fumar.

Chico
— Pois é, a coisa tá braba. A Alice também anda puta comigo. Diz que fico sonhando com os fados enquanto ela sua para alimentar os guris, o que é verdade. Mas acontece que eu não SONHO com os fados, eu TOCO eles no meu violão. Eu às vezes fecho os olhos e enquanto não entra a voz da desmilinguida antes da minha próxima nota, às vezes, te juro, parece que ouço Dona Amália entrando no meu acorde com aquela perfeição, como se fosse um som que viesse do firmamento.

Beto
— É, mas é um sonho irmão, um sonho e mais nada. Porque logo depois tu podes ver que já não tens quem queira cantar conosco, ou que seja muito ruim, ou que nos convide para tocar aqueles horrores sertanojos, que Deus nos livre e guarde.

Chico
— Isso é que a Alice diz: (imitando voz de mulher) Ninguém quer ouvir vocês, seus portugas de uma figa! Por que é que vocês não tocam música de gente, dessas que todo mundo gosta? Por que TU não lembra dos teus filhos na hora em que recusas trabalhar assim? O

que há de errado com todos os outros músicos que tocam conforme o que os fregueses pedem?

Beto
– Depois de tantos anos, irmão, não sei se a Alice não está mais do que coberta de razão.

Chico
– E nós ainda estamos aqui por teimosia, porque gostamos de sofrer, ou porque ainda esperamos que o fantasma de Dona Amália venha nos salvar?

Beto
– Mas a Hermínia, que está viva, bem que podia ao menos nos fazer uma visita.

Chico
– Vindo de Portugal, num avião da TAP, descendo aí no aeroporto e vindo num carro até este bairro de merda, atrás dum restaurantezinho português de quinta categoria, por ouvir dizer que ainda existia aqui um conjunto de fadistas, com cantoras incertas, mas com cordas muito bem afinadas?

Beto
– E por que não? E os milagres, irmão, onde é que ficam?

Chico
– Debaixo de alguma das doze mesas é que não é.

Entrando em cena Seu Santos (com sotaque português)

Seu Santos
– Perdeste alguma coisa debaixo da mesa, filho?

Chico
— Não, Seu Santos, ao contrário. Debaixo das mesas só está o que nós ACHAMOS, quando achamos, algumas moedinhas que nos jogam.

Seu Santos
— Teve hoje, a certa altura, um trinado do bandolim tão bonitinho, a voz da moça foi junto muito bem. Achei que a freguesia ia gostar, e gostou por certo, mas vocês não viram nada no chapeuzinho, não é?

Beto
— Nada, e a coisa está pra lá de braba. Não sei mais o que se vai fazer.

Seu Santos
— Do mesmo modo pra mim, filho, do mesmo modo. Quase não se vende pratos de bacalhau mais, ninguém pede pelos pasteizinhos na sobremesa. Vocês vejam, para um português como eu, vem os fregueses muitas vezes a sugerir que coloque as *pizzas* e as massas aqui, e as motocas para entregar. É o fim!

Chico
— Mas ainda temos os fregueses que nos prestigiam, os da sua colônia portuguesa "com certeza", não é Seu Santos, aqueles que vêm aqui e até choram de emoção com os fados da gente.
(Beto olha para Chico disfarçadamente, e faz a cara mais irônica)

Seu Santos
— Filhos, é claro, eu sei disso. Só estou dizendo que o movimento diminuiu muito. Faz tempo que não temos aquelas noites memoráveis de casa cheia, aquelas moças bonitas com os pais e as mães. A tua Alice, Chico, não conheceste aqui na casa?

Chico
– Claro que foi, Seu Santos, e é claro que agradeço a Deus todos os dias por isso. Sem ela, quem seria eu? Um músico de bairro que nem o Beto, sem eira nem beira?

Beto
– HEI, O QUE É ISSO? O RESPEITO É BOM, E EU GOSTO.

Chico
– ... sem eira nem beira, aí, nas noitadas, cada noite com uma mulher diferente, sem laços afetivos, sem compromissos de fidelidade, sem família, sem nada. Ele pensa que tem muito, Seu Santos, mas eu e o senhor, que temos mulher e filhos, sabemos tudo o que esse cristão pecador perde nessa vida dissipada.

Seu Santos (falando com Beto)
– Mas é de estranhar-se que tu, tão amigo de teu parceiro, não ouças essas coisas que ele te diz com a maior sabedoria. Olha lá, ele até parece uma daquelas pessoas mais velhas que a gente ouvia lá no meu Portugal nos tempos de garoto, nos fins de tarde, nas cadeiras que se punham nas calçadas para conversar.

Beto
– É, é verdade. Ele é muito sensato, muito mesmo. E muitas coisas mais. A Alice sempre diz isto:
(imitando) – Meu Chico é o melhor homem do mundo, o mais caseiro, o mais respeitador e o mais trabalhador também! E não pensem que músico é vagabundo, não. Ele trabalha como poucos à noite e em casa ainda ajuda bastante, NA COZINHA E COM AS CRIANÇAS.
(sem imitar): E traz bastante dinheiro para casa, NÃO É, SEU CHICO?

Seu Santos
– Bem, bem, fiquem vocês aí com suas coisas e loisas, mas já é tarde e preciso descansar. Vocês por acaso não fechariam o restaurante para mim?

Chico
– Claro, nem precisava perguntar.

Seu Santos (saindo)
– Uma boa-noite, então.

Beto
(depois de uma pausa) – Bonito, não é, o senhor. Pai dedicado, marido perfeito. Colosso, não é? E ainda diz ao velho que nossos fados AINDA FAZEM OS FREGUESES CHORAREM! É isso então? Quando foi, tremendo cara de pau, impoluto enganador, que alguém chorou com nossa música aqui? Só se fosse de raiva, ou se o português tivesse botado pimenta no bacalhau a Gomes de Sá.

Chico
– Apenas uma maneira de falar. Mas e então, nem tu acreditas na tua própria música? Por que é então que continuas a catar migalhas por aí para continuar a vir tocar aqui todas as noites desta vida, menos segundas-feiras? E a Amália Rodrigues, nem ela te emociona mais, pecador sem penitência?

Beto
– Não vai ser tu a me intrigar com a memória dela, garanhão familiar, reprodutor. Tu foste capaz de falar que ando com mulheres, e diferentes a cada noite, logo comigo isso, pobre e feio, nessa secura em que sempre ando. Não é que as mulheres me desprezem; elas nem sequer me veem, passam por mim como se fosse uma parede de vidro e enxergassem através de mim. Fazer troça de um defeito desses

é coisa cruel. Não mistura isso com a minha devoção no fado, isso é completamente outra coisa.

Chico
(rindo) – Queria muito ver essa delas passando por ti e te desembaçando com um lencinho, numa noite daquelas, para ver se os namorados vêm vindo.

Beto
– Tu és mesmo um grande gozador, mesmo nessa merda que a gente anda.

Chico
– Que não vai melhorar nada se a gente ficar aqui choramingando toda noite. E que pode melhorar, se a gente começar a pensar em alguma coisa quente.

Beto
– Quente mesmo é o Xororó. Quem sabe vamos pegar o repertório dele? Ou o Zezé, ou o Amado, quem sabe o Serjão?

Chico
– Bom, não precisa exagerar. Umas baladinhas, quem sabe? E o REI, *hein*? (cantando meio desafinado) "São momentos que eu não esqueci, detalhes de uma vida, histórias que eu contei aqui. MAS EU ESTOU AQUI, VIVENDO ESSE MOMENTO LINDO..."

Beto
– CHEGA, CHEGA, pelos santos e o senhor.

Chico
– É, mas o homem enche o Gigante e o Maracanãzinho. E tu, cara-pálida?

Beto
— Eu loto, ou não loto, as doze mesas do Restaurante Cantinho Português, quase todas as noites, fora quando chove, ou está muito quente, ou faz um frio desgraçado. E eu toco no bandolim as mais lindas canções portuguesas, que falam de fado, o que significa destino, de tudo o que as pessoas são na vida e de tudo que elas gostariam que suas vidas fossem. No fado está o único jeito de qualquer pessoa ter um sonho maior do que ela mesma, em acreditar que aquilo que se imagina pode se tornar realidade. O fado é a última esperança dos corações solitários, e eu tenho orgulho de ser fadista, mesmo quando tenho que me humilhar para continuar sendo o músico que sou.

Chico
— Mesmo quando tens que apontar o jogo do bicho, vender enciclopédia de porta em porta ou dar pequenos golpes para sobreviver, enganar a dona da pensão, comer as sobras do português e todas essas coisas que tens que fazer enquanto não és descoberto pela TV Globo?

Beto
— Ora, vai pra puta que pariu! Eu aqui te entregando a minha alma de artista e tu na gozação? Por acaso não seguiste o mesmo caminho que eu? Os caras não te convidaram para entrar num conjunto de MPB? Não tiveste oportunidade de ir para São Paulo, tocar em boate, anos atrás? E por que não foste, por que dás razão para a tua mulher nos chamar de "portugas de uma figa"? Ora, vê se não me enche mais, ao menos por hoje, tá?

Chico
— Não se abespinhe, compadre, não se abespinhe. Tem coisa pior a meu respeito. Podias perguntar por que deixei minha família passar necessidade, por que encasquetei com os fados e Dona Amália, por que bebi todas as garrafas durante anos, tentando não lembrar de que ninguém parecia notar a nossa música. Ou por outra, dúvida atroz: será mesmo que essa música tem algum valor? Nunca te ocorreu que

podemos ter jogado nossa vida fora e que essa música só existe no nosso delírio?

Beto
— No caso, coletivo. Dos cantores e cantoras que já vieram e se foram, do velho, dos clientes portugueses que ainda vêm aqui às vezes e da tua própria família, que se não aprecia, ao menos critica, o que quer dizer que nada disso é mera ilusão.

Chico
— É, mas poderia ter acontecido e estar acontecendo conosco isso, um delírio, de uma música danada e maldita, que ninguém quer ouvir, que seja daquele tipo de arte que só é descoberta e valorizada depois que os caras morrem. Não foi assim com tantos pintores, que morreram miseráveis e hoje há museus com seus nomes? O Mozart não foi enterrado como indigente? E se fosse assim, irmão, e se fosse assim?

Beto
— E se fosse assim, não ficas satisfeito nem com a ideia de que teus descendentes vão aproveitar alguma coisa dessa tua arte que vai se tornar uma febre depois que nós dois morrermos de fome? Ao menos, mais satisfeito do que eu, que não terei nenhuma pessoa para impedir que meu esqueleto vá dar naquele ossário dos miseráveis, ou que o meu cadáver vá para os estudantes de Medicina como um indigente?

Chico
— Não sejas tão dramático. Pretendo sobreviver a ti e garanto que lá estarei, no teu velório, com o violão e um grupo de músicos. Numa hora como essa todo mundo aceitaria te homenagear com um fado. Além disso, garanto que com uma vaquinha se descolaria um caixãozinho jeitoso, e haveria o teu velório de se transformar numa belíssima serenata.

Beto

— Vais então me providenciar um velório bacana, de repente vem um cara de cavaquinho, pra esculhambar de vez com a soberania do bandolim, e o cadáver do velho Beto ali, sem poder fazer nada? De repente me consegues até uma mulher póstuma, que vai chorar no meu caixão e se agarrar aos meus ditos restos mortais para não deixar que desçam as roldanas? Tou até gostando dessa ideia, entre uma mulher póstuma e nenhuma, até que não é tão mau negócio. Quem sabe ao menos entre os músicos eu ganharia um pouco mais de respeito.

Chico

— Pois é, eles eram capazes de dizer: "Olha só! Afinal o Beto tinha até uma mulher em segredo, e bem bonitinha. Não era tão fodido como a gente imaginava."

Beto

— Bom, que todo mundo do meio acha que A GENTE é fodido, disso não tenho nenhuma dúvida, o que te inclui, espertinho, com mulher, filhos e tudo. Por outra, a nossa merda é da mais pura, é uma merda INTRÍNSECA. Olha só que expressão mais chique, é pela MÚSICA, pelo FADO FODEDOR DE VIDAS. Ninguém se lembra se eu tenho ou não uma outra coisa para fazer depois que a cortina de ferro do Seu Santos baixa e a gente vai embora.

Chico

— Mas me dá ao menos o direito de ser também um pai de família, ou nem isso?

Beto

— Isso não é nenhuma vantagem, ao contrário. Qualquer um pode ver que minha escolha de vida, se está completamente errada, ou é inteiramente maluca, é uma opção que me leva sozinho para o buraco. Tu, desculpa a franqueza, levaste a patroa e a gurizada junto.

Chico
— Depois de tantos anos, irmão, é a primeira vez que vejo CRUELDADE em ti. Afinal, parece que do jeito que vão as coisas, acabaram por te afetar muito, nessa tua natureza, que era sempre tão cordial.

Beto
— Bom, ou a gente está desabafando mesmo, procurando a verdade e quem sabe alguma saída, ou estamos fingindo, aí posso ser cordial o quanto tu quiseres. Posso até ser cordial naquela imitação de palco, levantar da cadeira e oferecer o primeiro fado da noite ao fantasma de todos os músicos fracassados, de quem ninguém se lembra mais, mas que continuam a se cruzar pelo restaurante e a atrapalhar os garçons.

Chico
— O GARÇOM, a não ser que o Joãozinho tenha trazido os filhos para trabalhar. E é difícil que ele se atrapalhe, depois de 20 anos cruzando pelas mesa. Conhece todos os pedidos de cor, os fregueses que dão gorjeta e os que não dão e talvez seja o nosso único e fiel fã. É claro que conhece também todas as nossas músicas, de trás para frente.

Beto
— Assim que, como temos o Joãozinho como fã, isso bem pode ser suficiente. ALGUÉM gosta das nossas canções. Nada está perdido.

Chico
— Bom, é claro, nunca se discutiu a maior possibilidade que nós temos, a única capaz de nos tornar em pouco tempo ricos, respeitados, até adorados, se tudo corresse realmente muito bem.

Beto
— Assalto ao Banco do Brasil, roubo de joias, sequestro da filha do Silvio Santos, ou o quê?

Chico
– Nada disso, simplesmente irmos atrás de nossa música, de onde ela nasceu, daquela terra onde se poderia tocar na televisão, em cadeia nacional, com toda a nação atenta.

Beto
– Ou seja, D'ALÉM MAR?

Chico
– Ora pois, então, não é o que devíamos fazer?

Beto
– O que já está completamente esgotado. Como é que nós, miseráveis que não conseguimos pagar a conta da pensão mais vagabunda da cidade iríamos achar dinheiro para passagens, para hospedagem, para comer até que achássemos alguém para nos ouvir? E achas que lá estão todos à nossa espera, logo na terra do fado, onde até as mesas cantam e se acompanham no violão e bandolim? Tenha dó, Seu Chico, tenha dó.

Chico
– Então é nada mesmo, então é baixar a cabeça e parar de reclamar, que a morte, que ainda não chegou, é tão certa como essa merda que não para de chegar.

Beto
– Que assim seja, que venha a morte, numa noite de um luar enorme, que venha para que possa finalmente confessar.

Chico
– Confessar o que, seu babaca?

Beto
(cantando): – "De quem eu gosto, nem às paredes confesso, de quem eu gosto, etc.".

Chico
(às gargalhadas) – Apaixonado? Apaixonado? Essa eu não aguento! Era só o que faltava. A cidadela finalmente caiu e o homenzinho entregou seu coração? É demais, é demais, é demais! Isso é fado, isso é puríssima canção!

Ouve-se o fado enquanto a luz vai se apagando.

Fim do Ato 1

ATO 2

Cenário de um quarto numa casa pobre, cama de casal e caminhas de criança.
Chico e Alice sentados em duas cadeiras, a tomar chá, silenciosos. Depois de alguns minutos, começam a falar:

Alice
– Se o Beto falou não pode ser assim tão impossível.

Chico
– Fui EU que falei. E o Beto acha, sim, que é impossível. Mesmo não tendo ninguém por ele, mesmo órfão de pai e mãe, sem mulher ou parentes, mesmo assim ele acha que seria terrível nós sairmos daqui atrás do fado em Portugal, que certamente perderíamos o nosso miserável emprego no restaurante do Santos e que dificilmente alguém nos "descobriria" em Portugal. Lá, é claro e ele tem razão, músicos é que não faltam, e bons.

Alice
– Assim é que não há nenhuma solução?

Chico
– Olha... Não sei. A gente ainda pode mudar de gênero.

Alice
– ... Ladainha que já ouvi milhões de vezes. Eu devia é ter voltado para a casa de minha mãe enquanto ela ainda vivia, nas primeiras vezes que tu me enrolaste com essa mesma história. Quando também as crianças ainda não tinham nascido, e eu podia ter evitado que elas comessem farinha pura as tantas vezes que comeram.

Chico
– Tortura, Alice? É isso, vamos de pau de arara agora, é?

Alice
– Quem sabe se eu tivesse conseguido te torturar mesmo tu não terias mudado em algo? Essa teimosia louca de tantos anos em busca de um sonho tão impossível que ninguém nem acredita que vocês ainda pensem por cinco minutos que um dia alguma coisa possa acontecer.

Chico
– ESSA COISA PODE ACONTECER! PODE, VIU? Eu acredito, o Beto acredita, nós sentimos na música que executamos que a nossa hora vai chegar. As pessoas vivem de sonhos, todos esses miseráveis que não conseguem ter o dinheiro que compra tudo, ou ainda mais todos os miseráveis que se julgam tão incapazes para qualquer coisa importante, para fazer algo que os outros achem valioso, para despertar amores e paixões, por exemplo.

Alice
– E o fado vai fazer tudo isso, vai transformar esses miseráveis em alguma coisa?

Chico
– Vai fazer eles sonharem com essas possibilidades, vai transportar todo mundo para um novo destino.

Alice
– E depois de vinte anos tu ainda achas que esse sucesso todo anda escondido e que a qualquer momento vai aparecer para vocês, feito um gênio saindo da garrafa?

Chico
– E tu achas que a gente não se desesperou tantas vezes nesses anos todos, procurando imaginar por que isso tardava tanto? Porque eu bebi tanto, porque acabei nos AA, porque o Beto chora às vezes de madrugada, meio dormindo, meio comandando o choro para desabafar?

Alice
— E tu achas que, porque se desesperam, estão perdoados? Que vou continuar cuidando dos guris, dando aulas, costurando e fazendo docinhos com gosto, porque os gênios ainda não chegaram lá, mas quase?

Chico
— Apela, apela, ofende, que eu mereço.

Alice (chorando)
— E nem sabes reconhecer que fiquei contigo porque gosto de ti, DESGRAÇADO, IRRESPONSÁVEL, PAI DESNATURADO, MALUCO. Apesar disso tudo, que eu devo ser louca também. (segue chorando baixinho)

Chico
— Não faz isso comigo, não parte o meu coração. Será, meu Deus, que esse meu pecado é tão grande, que não vou desatolar dessa merda jamais? (passando levemente a mão nos cabelos da mulher) Tu és tudo o que tenho, e os guris. Por causa de vocês eu larguei da garrafa, senão já estaria há muito no fundo do poço e nem o fado me faria sair de lá. Mas talvez tenha chegado a minha hora de desistir. Quem sabe noutra música a gente não possa encontrar ao menos um pouco de dignidade?

Alice
— Agora, depois de tanto tempo? Tu achas que tem alguém que ficou esperando por vocês esse tempo todo, que vocês resolvessem aderir a outra música, levando todo esse enorme talento?

Chico
— Olha, tou vendo bem a ironia, mas fica sabendo que a gente tem talento, sim. Não é porque estejamos mal que vou renegar isso. Eu tenho certeza de que somos muito bons. O diabo que nos arrasta

é esse azar de nunca termos sido ouvidos por ninguém que pudesse nos levar um pouco adiante, gravar um disco, por exemplo, dar alguns recitais, aparecer na televisão, etc.

Alice
– E esse diabo deve ser o mais poderoso, o mais insistente em foder com vocês para sempre, até levá-los para os fundos dos infernos.

Chico
– Deve ser o belzebu mais insistente, sim. Não quer dizer que a gente também não tenha bobeado muitas vezes, que não tenha deixado de ir atrás dessas coisas, insistir, furungar.

Alice
– Queres dizer que vocês sempre acharam que seriam descobertos, meio por acaso...

Chico
– Meio como num milagre, porque pensamos que nossa devoção musical era tão pura e que ia ser paga na mesma moeda por alguma divindade, sei lá. Se quiseres, pensamos justamente que nosso DESTINO, o outro nome para o fado, estava traçado, e que não precisaríamos procurar por ele, por mais absurdo e louco que isso pareça.

Alice
– Mesmo olhando para os colegas de vocês, que só conseguiram coisas batalhando muito, suando a camiseta, pedindo, implorando?

Chico
– Olha, nós sempre pensamos que se as oportunidades viessem a gente tinha que estar preparado. E muita gente boa teve essas oportunidades e falhou, porque não tinham o verdadeiro talento, a centelha do músico genial. Depois choravam desconsolados, falando em

injustiças e nos preconceitos contra os músicos aqui da província. Nós não. Nós temos certeza de que, se chegar a nossa hora nós vamos estar prontos e vamos mostrar toda a nossa arte, e um novo gênero musical vai aparecer por aqui.

Alice
– Quando eu te ouço falar assim, até acredito nessa baboseira.

Chico
– Que não é baboseira nenhuma. Quando eu bebia, essa era a hora de começar, quando alguém me dizia que nós não tínhamos jeito, que era uma coisa da nossa cabeça louca, que nunca ia acontecer.

Alice
– Mas e o Beto, que nem bebe?

Chico
– Ora, o Beto é uma espécie de santo, uma pessoa que não existe mais. Eu mesmo, depois de tantos anos de parceria, nunca consegui entender como ele suporta tanta coisa sem uma válvula de escape, a não ser quando chora dormindo. O que é muito pouco, mas o babão no outro dia chega no Santos com a cara mais lavada, falando em novas canções e o escambau, novinho em folha. Outro maluco de pedra, se queres saber.

Alice
– Pois é, e de maluco em maluco vamos nós.

Chico
– Mas e então Alice, o que se há de fazer agora? Mandar uma cartinha para o Fantástico, entrar num desses *reality shows* e em vez de transar nos *edredons* pedir para fazer música o tempo todo? Chamar Dona Amália, de onde esteja, para nos proteger e ajudar?

Alice

– Arranjar UM EMPREGO, Chico, um emprego de verdade, esses com férias, décimo-terceiro, Fundo de Garantia, horários normais, de gente, oito horas e depois casa e família, que tal? Isso ofenderia a tua natureza artística?

Chico

– Eu tenho, sim, uma natureza artística, e nessa altura cago se tu não queres reconhecer nem isso. Cago, ouviu?

Alice

– Mas o Carlos Drummond de Andrade não ofendia a natureza artística dele trabalhando numa repartição pública, e ele, se tu me permitires, tinha essa NATUREZA, muito mais desenvolvida que a tua, ou não?

Chico

– O Vinícius era diplomata, o Gil formou-se em Economia, eu sei, o mundo está cheio de gente que buscava o que comer fora do que era a sua verdadeira vocação. O que posso te dizer? Eu sempre me senti mais miserável fazendo os biscates que fiz do que quando o dinheiro faltava e não conseguia nada. EU SEMPRE ACHEI QUE HAVIA ALGO DE NOBRE EM NÓS, algo que se aviltava nessas misérias todas, que tínhamos que sofrer com isso para um dia alcançar a glória da consagração.

Alice

– Sonho louco é pouco, não é? Até rima isso tem. Irresponsabilidade, enorme desconsideração pelos filhos que tu tiveste, e nem podes dizer que alguém te obrigou. Ao contrário, não é, ainda querias mais, se eu não tivesse tido a lucidez de fazer uma ligadura de trompas.

Chico
— Não vais também me acusar de não me preocupar com meus filhos, de não amar os meus guris...

Alice
— Desse jeito é muito fácil, amar romanticamente as crianças, qual é o monstro que não vai amar? Mas, e botar comida na mesa, roupa para vestir, sapato, colégio, condução, dignidade? Amar desse jeito, brincar, fazer gracinha e ainda ensinar os guris a mexer com a mãe quando está rabugenta, quando grita, neurótica, de não aguentar mais, isso tudo é muito fácil, seu Chico. Mas quem não tem talento, quem não tem essa tal de NATUREZA ARTÍSTICA faz o quê? Sua, Chico, sua a camisa e a saia, fica feia, velha, embrutece, grita, esbraveja e começa a ganhar a raiva dos filhos, que veem os agrados mas não o feijão e o tenisinho modesto mas limpo e confortável para os pés. É isso que eu sou. Não tenho essa nobreza na minha alma, nem sei se tenho algo que se possa chamar de alma. EU ESTOU É CHEIA DISSO TUDO, ouviu? (chora outra vez)

Chico
— Por favor, Alice, por favor, mas onde é que nós estamos que resolvemos mexer em tudo isso nesta manhãzinha de merda? Será que não podíamos ter tomado os nossos chás sossegados, feitos um casalzinho normal?

Alice
— Casalzinho normal é a última coisa que seremos, eu e tu, dois transtornados, tu nessa obsessão e eu continuando aqui, esperando pelo dia de são nunca.

Chico
— Eu sei o quanto é difícil para ti, eu sei, não pensa que não. Mas agora, que tu mesmo achas que é tarde para tudo, o que nos resta senão o milagre?

Alice
– Hah, mas então é isso? Nós estamos sentados esperando PELO MILAGRE, eu e tu? Isso vai ser a melhor herança que vamos deixar para os guris: – FILHOS, O PAI E A MÃE SÃO MUITO DEVOTOS, A VIDA FOI MUITO RUIM COM A GENTE, MAS DEPOIS VEM O PARAÍSO, E A GENTE VAI CHEGAR LÁ JUSTAMENTE PORQUE SOFREU TUDO O QUE TINHA DE SOFRIMENTO...

Chico
– Não é o que quero para eles não. Quero que façam o seu próprio destino, melhor que o nosso, sem o que sofremos, sem um pai que não pôde dar a eles mais do que carinho. Mas também eu espero que eles não se envergonhem, que possam até ter algum orgulho de uma pessoa que teve uma devoção, que teve uma música na alma e que vai morrer abraçado com ela em canção.

Volta um fado ao fundo, Alice choraminga e a luz diminui lentamente, até a escuridão.

Fim do Ato 2

ATO 3

Cenário do restaurante novamente, Beto guarda o bandolim em sua caixa, enquanto Chico afina as cordas do violão.
Entra Seu Santos, esbaforido:

Santos
– Meu Menino Jesus Cristinho, todos os meus santinhos e santinhas, vocês não vão acreditar. Vocês não vão acreditar em quem está aí fora, querendo ver vocês. Estava em uma das mesas ouvindo. Eu nem percebi, tinha mais gente junto, jantaram e tudo.

Chico
– Quem, Seu Santos, quem? Amália Rodrigues ressuscitada?

Santos
– Ela mesma, Chiquinho, ela mesma. Não ressuscitou de verdade, mas vai sim ressuscitar, e parece que não vai demorar muito.

Chico
– Depois de tantos anos, eu nunca tinha visto o Sr. beber, mas agora parece que sim, *hein*, e deve ter sido caninha da braba.

Santos (ainda muito alvoroçado)
– Chiquinho, é ela, não a morta, isso está claro, mas Sua Excelência a atriz, a grande atriz, e parece que vai haver uma – como se fosse – ressuscitação. Pelo que entendi, vai haver um grande espetáculo, ela vai representar a grande dama Amália, ela canta, ela representa, ela é uma estrela maior que qualquer teatro. Até as pedras tremem quando ela representa.

Beto
– E por isso ela veio comer o seu bacalhau, Seu Santos, aqui nesta espelunca de merda, aqui nesta cidade de merda? À moda do

Porto, à Aveiro, Gomes de Sá, às Natas, à Mestre Lagareiro. Qual foi o prato que ela escolheu, me diga? (visivelmente alterado) Me diga, seu português de uma figa, o que essa mulher veio fazer aqui? Veio buscar inspiração para alguma cena em que ela cruza com músicos fodidos e abandonados? Veio olhar para a gente e arrumar lágrimas para chorar? (agarrando Santos pelo colarinho, aos gritos) O QUE ESSA MULHER VEIO FAZER AQUI?

Santos (desvencilhando-se, com voz fraca, bem pausada)
– Pois parece que veio convidá-los para tocar no espetáculo com ela, no teatro, numa temporada em São Paulo e no Rio, e depois também na televisão, parece que até na TV Globo, em cadeia nacional.

Faz-se um silêncio sepulcral, os dois, Chico e Beto se olham intensamente, um funga, o outro tosse.

Chico Aproxima-se de Santos, lívido, coloca sua mão no ombro do português:

Chico
– Seu Santos, seu Santos, velho amigo. (pausa) O sr. não ia fazer uma gracinha dessas com a gente, não é?

Santos
– Pelos meus olhos, pelos meus filhinhos, vocês vão ver daqui a pouco que tudo isso é verdade.

Bibi (entrando intempestivamente)
– Mas que gente mais difícil, meu Deus, neste fim de mundo. Vão me deixar esperando muito tempo? São difíceis os dois rapazes, senhor, como é mesmo o seu nome?

Santos
– João Nicanor dos Santos, Santos, um seu criado, Excelência.

Bibi (olhando insistentemente para Chico e Beto, lívidos, agarrados aos instrumentos, mas dirigindo-se a Santos)
– Pois bem, Senhor Santos, voltando, são muito arredios os seus rapazes? Será que vou conseguir falar com eles hoje? Vamos ter que conversar com algum empresário ganancioso, vamos ter que gastar todo o dinheiro da produção com essa dupla de virtuoses, por sinal, virtuoses mesmo, fiquei pasma. E vocês, rapazes, tocam tão bem mas são mudos, é isso?

Chico (engasgando)
– A senhora desculpe, a gente é meio grosso, e o baque não é pequeno, da sua presença aqui e de coisas que o Seu Santos disse antes da senhora entrar. Nós nem tínhamos visto a senhora na mesa. Costumamos tocar meio de cabeça baixa. A audiência não costuma nos dar maiores atenções, confesso, mas acho que a senhora já sabe.

Bibi
– E o outro jovem também fala, mesmo meio nervoso?

Beto
– Madame, falo, sim. E mais, se não tivesse ficado tão atarantado como fiquei, quando ouvi do Seu Santos as coisas que ainda não sei se ouvi mesmo.

Bibi
– Bem, já que fomos algo introduzidos no assunto, é isso. Vou fazer Amália Rodrigues, eu mesma canto, se me tolerarem. Há um texto, algumas coisas talvez um pouco romanceadas, para vocês, que devem conhecer a história da vida dela de cima abaixo, mas a maior parte é real. E a música, eu até agora não estava nada satisfeita, nem com as canções, nem com os acompanhantes que me arrumaram. Era gente que pouco conhecia do fado, embora até fossem excelentes músicos. Logo notei que estavam improvisando, não sabiam nada dessa música que vocês tocam com tanta naturalidade e com uma

sensibilidade que comove até pedra. Vocês de fato parecem morrer por ela.

Chico
— Acho que é isso mesmo. Tem horas que parece que a gente vai se acabar na música, não vai sobreviver ao último acorde, naquele instante de silêncio que só os verdadeiros artistas, como a senhora, conhecem, aquele instante de silêncio entre o último som que se produz e o baque das palmas, aquela ânsia que é o motivo que nos mantém vivos, se a senhora me perdoar o exagero e o drama.

Bibi
— Não tenho que lhe perdoar em coisa nenhuma. Acho que você pôs as coisas exatamente como as sinto eu também, só que talvez nunca tivesse juntado essas palavras do jeito que você fez.

Beto
— Não juntamos dois e dois fora do fado, madame, mas nele a gente sempre se encontrou, e estamos aqui prontos para o que der e vier.

Bibi
— Claro que antes vocês querem ouvir a proposta que temos, ou não?

Chico
— Na verdade não, não queremos ouvir proposta nenhuma, se o que entendemos é o que veio nos falar. A senhora veio ouvir a gente, ouviu, e nos achou capazes de acompanhá-la nas músicas que quer cantar no teatro, na música da grande dama imortal. A nós caberia essa grande honra de sermos os músicos da Amália ressuscitada. Se tudo isso é assim mesmo, nós não precisamos ouvir mais nada. Certamente a senhora vai nos pagar alguma coisa, depois veremos quanto é, mas permita que simplesmente a gente lhe diga que isso é o que esperamos por toda a vida.

Beto
— Hoje a senhora veio para nos libertar das cadeias em que estávamos presos pela nossa paixão.

Bibi
— Nossa, isso é muito bonito e muita responsabilidade para mim, mas também não que pretenda libertá-los, muito ao contrário, quero prendê-los à música o mais que possa.

Beto
— E nós nos prenderemos, pode ficar certa. Nós nos prenderemos em cada acorde, em cada compasso. Vai ser como a senhora imaginou que fosse, tudo o que lhe permitisse entrar na pele da sua personagem, e nós, bem, nós não vamos representar ninguém, nós seremos nós mesmos, Beto e Chico, dois fadistas, com todo o prazer.

A luz diminui, saem Bibi e Santos, quando volta a luz, lentamente, ao som de.................... Chico e Beto estão muito bem trajados, de terno preto e gravata, sentados em mesas de toalhas alvas com arranjos de flores.

Chico
— Tanta coisa eu tenho visto nestes dias, como num sonho! Talvez a gente nunca chegue a saber se isso não foi um sonho, se não caí de novo na bebida e foi somente um grande porre, já com as alucinações do *delirium tremens.*

Beto
— Mas como eu não bebo, essa alucinação deveria ter outra explicação, e eu vou ficar com a realidade. Nem tu estiveste de porre, nem eu deixei de pisar seguidamente no palco para ver se tinha chão embaixo, e nem de me beliscar para ver se doía, como acontece aos mortais.

Chico
— Assim é que aconteceu: nossa música está viva e Amália rediviva, pela graça da atuação da baixinha, algo que, quando pude respirar, vi que era tão grandiosa quanto teria sido a da própria mestra.

Beto
— Pensei várias vezes nisso, e naquilo que ela disse quando nos procurou. Na verdade, ELA tem cantado como quem morre, e nós atrás, não há dúvida.

Chico
— E nem sequer pensei, nem nos intervalos, nem nos primeiros fins de noite, muito menos durante os aplausos, se isso ia durar ou não. Isso, seja o tempo que fique, para mim será eterno, para isso vivi e valeu a pena.

Beto
— Amém, irmão, amém.

Chico
— E ainda mais depois que Alice me disse no telefone o que me disse, de arrepiar, que lamentava não ter nos compreendido como verdadeiros artistas, de ter chorado tanto pelo sacrifício que suportamos para poder interpretar a nossa música e pela grandeza que tivemos de esperar por esse dia.

Beto
— Nessa altura choraste tu, que nem bezerro desmamado.

Chico
— Claro, e nem teria como não. Os guris aos gritos ao fundo, dizendo que tinham nos visto pela televisão e que no colégio só se falava nisso.

Beto
– Mas, tu sabes, comigo aconteceu uma coisa estranha no primeiro espetáculo, depois do meu primeiro solo, quando entra aquele vozeirão num dos teus acordes, eu me pego olhando para essas alvas toalhas de linho, para esses arranjos de flores amarelas, para essa enormidade de gente que ouvia sem que se sentisse um ruído sequer, uma mosquinha voando, e tu sabes o que me veio à memória? Quase como num filme de colorido perfeito?

Chico
– O mesmo que para mim: as velhas toalhas quadriculadas e sujas das mesas do restaurante do português.

Beto
– Isso mesmo, irmão, e nada mais. Isso mesmo, e nada, nada mais...

CAI O PANO

A bênção das tormentas

PEÇA EM TRÊS ATOS

Personagens: Beatriz e Anita, mulheres com idade em torno de 70 anos.

ATO 1

Sala bem arrumada, meticulosamente e sem luxo, com uma porta que deve dar em uma cozinha e uma outra em um banheiro, mais uma pequena janela, sugerindo um apartamento meio exíguo.

Numa cadeira de balanço está Anita, com jornais e óculos de leitura, material de tricô ao lado, falando em direção à porta do banheiro, música ao fundo (Piazzola, Verano porteño, com Barenboim e grupo):

Anita
— Deixaste essa luz acesa ontem à noite. A noite inteira, aliás. A lâmpada é de 60 watts, não é pouca coisa. Todos os dias assim, no fim do mês vais ver a conta da luz.

Voz de Beatriz, do banheiro
— Ora, ora, tenha dó, senhora dos números e das contas a pagar. Foi UMA NOITE apenas, não um mês. UMA NOITE, mas tu não perdoas, não é?

Saindo do banheiro arrumando os cabelos e olhando a irmã na cadeira, em seguida andando até uma pequena janela. Para, atenta, e fica olhando com atenção.

Anita
– Vais sair?

Beatriz
– Ia, ao inevitável bingo, fumar bastante e comer de graça, mas subitamente me deu um cansaço, de ver aquelas caras velhas todas de novo, ainda mais que um museu daqueles agora deu de me cortejar, que coisa mais antiga.

Anita
– Simpático, ao menos?

Beatriz (ignorando a pergunta, olhando de novo pela janela)
– Olha, o tal engenheiro está de novo saindo com o carro, num feriado, e diz para a mulher que é uma emergência na fábrica. Essa fábrica só tem emergências nos feriados e fins de semana, justamente quando os operários não estão trabalhando e as máquinas paradas. É um fenômeno. Seria se não fosse simplesmente safadeza de macho.

Anita
– Acho que não deverias usar essas expressões vulgares. Não fica bem na tua idade.

Beatriz
– Ora, na minha idade. Na nossa, tu queres dizer. Mas não sou santinha do pau oco não, eu assumo. Macho, o que é que tem? O contrário de fêmea, nós por acaso não somos fêmeas? São as espécies animais, nós não somos animais, professora?

Anita
– Literalmente sim, mas tu bem sabes que as expressões assumem outras conotações, mais grosseiras, se tu disseres safadeza de homem fica tão claro quanto e muito menos agressivo.

Beatriz
— Tá bem, o safado saiu de novo, talvez devesse dizer "o adúltero", para encontrar alguma "senhora", podes estar certa. Uma senhora aí duns 25 ou 26 anos, se não for menos.

Anita
— E é da nossa conta?

Beatriz
— Ora, claro. Queres que passe o resto da minha vida exclusivamente apagando a luz do banheiro por causa dos Watts da conta de energia elétrica? Fofoca faz bem, regala a vida, com dizia mamãe.

Anita (bem suavemente)
— Bea, esse "o resto da minha vida", não é um pouco dramático demais, irmã?

Beatriz
— Dramático, sim, senhora! Como a morte, o terrorismo, as explosões e as bombas que mutilam crianças, essas coisas não existem por acaso? E o resto da minha vida, se tenho 70 anos, dura quanto, mais trinta? Ou se forem três ou quatro, ou sete, ou dez, achas que é muito o resto da minha vida?

Anita
— Olha, na doença a gente vê essas coisas de maneira diferente.

Beatriz
— Ah é, como?

Anita
— Olha, é pieguice, mas o tempo parece que vale mais no sentido do agora, mais do que ficar contando quanto resta, ou ficar fazendo estimativas a respeito de se viver muito ou pouco mais.

Beatriz
– Queres dizer, aprendeste a viver cada dia de uma vez...

Anita (rindo, surpresa)
– Olha, não teria conseguido dizer isso melhor, e quem teve câncer fui eu, e não tu.

Beatriz
– Vamos dizer que tenho alguma sensibilidade, é isso.

Anita
– Por assim dizer...

Beatriz
– Percebo uma certa ironia?

Anita
– Ora, sem ironia nenhuma. Um poço de sensibilidade é o que nunca foste, nem mesmo tu afirmarias isso.

Beatriz
– O suficiente para perceber quando precisavas de mim para te acompanhar naquelas andanças todas de exames e tratamentos. E até para te trazer a peruca quando comecei a encontrar tantos cabelos teus no banheiro e lembrar que aquele médico bonitão já tinha nos prevenido que isso ia acontecer com a quimioterapia.

Anita
– Bea, acho que não é preciso a cada passo que eu diga o quanto sou grata por tudo isso, e mais, por teres saído da tua casa para ficar comigo. Afinal, já se passaram tantos anos, até os cinco que os médicos nunca acreditaram que eu durasse.

Beatriz
– De qualquer jeito, acabou sendo bom para mim. Mas sobre os cinco anos, eu nunca imaginei que tu soubesses o que os doutores nos disseram em particular sobre as tuas chances.

Anita
– Ora, tu achas que não tive as minhas sessões privadas com eles, exigindo que me dissessem?

Beatriz
– Não, sempre achei que tu te encolheste nas tuas dúvidas sem querer saber de nada, torcendo que alguém te desse somente as notícias boas.

Anita
– Isso vinha, de fato, de quando em quando. Mas duma certa forma eu quis saber o que ia acontecer comigo, sem nenhum heroísmo, só saber, só isso, para poder botar as minhas contas em dia.

Beatriz
– E não te referes à conta do açougue e nem à do armazém, não é?

Anita
– Claro que não. Era o meu inventário de dívidas e créditos.

Beatriz
– Onde naturalmente eu figurava também como devedora.

Anita
– Ora, num papel menor.

Beatriz
– Posso saber qual?

Anita
— Irmã, nada que me lembre assim com precisão, coisas pequenas, provavelmente, brigas entre irmãos que deixam alguma magoazinha, quem sabe?

Beatriz
— Como quando me acusaste de ter te roubado o Carlos?

Anita
— Não me lembro de nada disso, da acusação, ou de me sentir assim, mas, olha, historicamente, tu me roubaste o namorado, sim, senhora.

Beatriz
— Que depois ficou sendo o teu querido cunhado, não é mesmo?

Anita
— É verdade. Ele era meu amigo, sim, eu o admirava profissionalmente e sempre achei que te tratava muito bem.

Beatriz
— Ah é, por quê?

Anita
— Até nas pequenas coisas, quando ele chegava naquelas nossas reuniões familiares vindo do trabalho, sempre te fazia um carinho antes de cumprimentar a todos, muitas vezes trazia pequenas coisas que sabia que tu gostavas e ao que sei era pessoa de jamais levantar a voz contigo.

Beatriz
— E isso para ti é muito, uma espécie de marido mordomo, educado e atencioso com *madame*?

Anita
— Há quem valorize muito isso num homem, cortando a tua ironia fina.

Beatriz
— Ora, por que ironia fina?

Anita
— Ora, porque vocês, mulheres casadas, passam mais da metade da vida se queixando dos maridos, e quando alguém descreve alguma qualidade deles, de atitudes com a mulher, vêm com esse tipo de diminuição. Preferirias, por acaso, ter tido um homem que fosse estúpido contigo, um grosseirão, a te demonstrar isso até em público?

Beatriz
— Opa, opa, tocamos em alguma coisa no fundo. Não será uma arca cheia de moedas? Saiu a cunhadinha em defesa do cavalheiro da elegante figura?

Anita
— Olha, essa conversa está tomando um rumo que eu não gosto. Mas, é claro, pelas atitudes externas não se pode avaliar um casamento. Em todo caso, tratar bem, ter atitudes de carinho e atenção deve ter algum valor, ou não? Se tu queres saber, para todo o mundo, inclusive para mim, tu tinhas verdadeira adoração pelo teu marido, babavas na gravata, com dizem hoje. Era só olhar para ti quando estavam juntos.

Beatriz
— Por acaso eu ficava diferente na frente dele? Com cara de sonsa, de mulher abobalhada?

Anita
— Nada de coisas que se descrevam com adjetivos. Tu parecias simplesmente flutuando. Logo tu, sempre tão franca e tão prática, que reprovavas tanto a quem se entregava muito aos sentimentos.

Beatriz
— Donde vem a piada familiar segundo a qual eu, recém-casada, acendia a luz no meio da noite para confirmar que ele estava de fato dormindo comigo, na mesma cama, que não era um sonho.

Anita
— Ué, sempre pensei que não era uma piada, que tu mesma terias contado isso a alguém.

Beatriz
— E tu de observadora, com a vantagem de ter conhecido o rapagão primeiro.

Anita
— Ora, foi um namoro bem curto, mas eu não quero falar disso agora.

Beatriz
— Ora, passamos a vida inteira evitando esse assunto, e por quê? Teria sentido isso agora que Carlos já está bem enterrado e nós aqui, duas velhotas, passando pelas últimas curvas da estrada de Santos?

Anita
— Não se trata de mais ou menos velhas. Trata-se de coisas que podem machucar, e isso não vale a pena em nenhuma idade.

Beatriz
— Ah, então ficaram mesmo algumas mágoas não tão pequenas assim.

Anita
— De minha parte, nada. Nada que me ocupe cinco minutos de tempo, nada que me tire um pouquinho de sono. Exatamente porque consegui colocar todos aqueles trastes velhos num baú e fechar definitivamente a tampa.

Beatriz
— Na época, intermináveis vezes te perguntei se ainda gostavas dele, e tu sempre me afirmaste que não. Mas, e se tivesses atravessado todos aqueles anos sufocando esse sentimento, de mim e de todos os outros, ou até de ti mesma?

Anita (perturbada, com ênfase)
— Nunca em minha vida sufoquei sentimento nenhum, se queres mesmo saber.

Beatriz
— Estás então confessando o teu amor pelo Carlos?

Anita
— Não estou confessando nada, até porque se fosse o caso não se trataria de nenhum crime e não caberia uma confissão. No máximo, uma admissão.

Beatriz
— Não me venhas com palavreado aprendido naquelas assembleias de professores, onde ninguém fala, faz "colocações" e pede "questões de ordem". Diz a verdade, apenas isso. Tu afinal amaste o meu marido, e abafaste isso até agora?

Anita (com um sorriso)
— Ora, amei sim, sempre, desde o dia em que o conheci na faculdade, quando namoramos, quando ele te preferiu a mim, quando

noivaste e casaste, quando nasceram os teus filhos, quando ele adoeceu e morreu, sempre!

Beatriz (grave...)
— Esse então é o teu baú tampado, essas são as magoazinhas que guardaste de mim, a tua única irmã?

Anita
— Ora, a mesma única e magnífica de quem tranquilamente surripiaste o amado, perguntando antes, é claro, se podias ficar com ele para ti.

Beatriz (alterada, agitada)
— E não foi isso mesmo, não te perguntei, não te atormentei noites e noites, depois que ele se declarou para mim, se tinhas mesmo terminado, se não haveria mágoas e ressentimentos, e tu o que me repetias?

Anita
— ... que era isso mesmo, tinha me desiludido dele, não queria mais nada, achava que era um songa-monga, que não era o meu tipo, que me vigiava demais e era muito ciumento. E outras desculpas que não me lembro mais.

Beatriz
— Mas nada disso era verdade, *hein*, nada disso.

Anita
— E não foi por altruísmo não, nem em benefício da irmã caçula. Foi simplesmente o meu sentido prático, era fato consumado, ele tinha terminado comigo, se interessado muito por ti, tinha sido honesto comigo e tu também, o que eu podia fazer diferente do que fiz? Chantagens emocionais com os dois? Meter papai e mamãe no meio?

Olha, de todos os defeitos que tenho, esse não consta, dramatizar para obter vantagens. Aliás, que vantagens eu podia obter? Carlos de volta, depois da atitude que teve? Uma viagem para algum lugar, que papai pudesse pagar? Buenos Aires, quem sabe, ou Montevidéu?

Beatriz
– Tu conseguiste, de fato, me convencer, ao menos no começo. Ou porque eu queria acreditar nisso, ou porque foste mesmo muito convincente. Depois de alguns anos não, várias vezes pensei nisso, que o amavas. Afinal, nunca depois se soube que tivesses tido alguém. Ou teria sido um outro segredo?

Anita
– Tu propuseste essa conversa e eu aceitei. Mas não vou agora expor toda a minha vida íntima para ti, só porque estamos velhas, só porque a tua tarde de bingo parecia chata demais.

Beatriz
– Isso quer dizer que tem mais?

Anita
– Não imagines que pelo fato de ter permanecido solteira e de ter aos olhos da família levado uma vida de titia, não penses que por isso eu tenha me anulado assim. Mas não vou te dar nenhum detalhe. Essas coisas só interessam a mim, a mais ninguém.

Beatriz
– A santinha, a santinha, ora, ora, então era mesmo o que cheguei a pensar: havia um vulcão nessa vida, ou alguns vulcões, não vais, afinal, morrer invicta?

Anita (muito contrariada)
– Vou perdoar a tua extrema grosseria, mas vou fazer isso para interromper esta catarse e só desta vez. Nunca mais me vulgarizes

desse jeito. Se há uma coisa que me tira do sério é essa história de solteirona recalcada na própria virgindade, e essa superioridade que vocês pensam que têm porque tiveram homem conhecido.

Beatriz
– E tu algum, ou alguns desconhecidos?

Anita
– Vamos parar por aqui. Quem sabe ainda não encontras o teu fã no bingo, quem sabe estão servindo estrogonofe com batatinha-palha, quem sabe acertas os números do primeiro prêmio?

Beatriz (rindo)
– Fugindo da conversa séria, covarde?

Anita
– É, estou. Quem sabe ainda não vais me agradecer por isso?

Beatriz (ouve-se ruído de carro, ela olha outra vez pela janela)
– Volta à sua casa o engenheiro. A pane nas máquinas deve ter sido de pequena monta. Ou encontrou a garota nos braços de um mocinho da idade dela e vem chorar nos braços da estúpida.

Anita
– Garanto que ela deve ter um chazinho pronto para o marido.

Beatriz
– Muito apropriado, uma atitude que convém a essa esposa modelo.
(ajeitando as roupas e o cabelo, pegando uma bolsa, vai saindo em direção à porta)
Não devo demorar. Se isso acontecer, é porque fui pedida em casamento e aceitei.
E tu, ficas aí sozinha?

Anita
– Com meus bordados, que já vão bem atrasados, por sinal.

(a música inicial ao fundo, Beatriz sai, Anita abre um cesto que estava ao seu lado no chão, pega agulhas e novelos e volta a tricotar).

Fim do Ato 1

ATO 2

Televisão ligada na sala, transmissão do carnaval pela TV Globo, escola de samba passando, com o samba-enredo sendo cantado e um comentarista dando detalhes apreciativos. Serpentinas penduradas no lustre.

Entra Anita.

Anita (falando para a cozinha)
– Bea, por favor, esse barulho repetitivo é uma verdadeira tortura! Posso apagar ou baixar o volume? Todo ano a mesma coisa, essas fantasias, a música sempre igual, como alguém consegue ver isso? E esse *tan-tan* interminável. Ainda consta por aí que é o melhor que temos em matéria de música? Quem é que gosta dessa coisa?

Beatriz (saindo da cozinha, de roupão, com uma xícara de café, dirigindo-se à televisão e baixando o som)
– O povo, o assim chamado povo. Esse mesmo que os teus companheiros tratam de representar, ou, antes tratavam, antes de começarem a gostar de champanhe francês e camisas de seda com gravata listrada. O povo, os pobres, esses é que gostam. Gostam que se enroscam, como eu.

Anita
– Passaste a noite nisso?

Beatriz
– É claro. Foram as escolas do primeiro grupo do Rio de Janeiro, isso ainda não está na tal de TV paga e a Mangueira estava divina. Só não ganha se roubarem, e não seria a primeira vez. E o enredo, ó, sobre os operários no poder, mais oportuno impossível. O Presidente no carro principal, com a primeira-dama, bem faceiro, acho que não pegou a ironia da coisa, e foi na base do bumba-meu-boi.

Anita
— Acompanhaste tudo com algumas latinhas de cerveja, vi na lixeira. Ou várias.

Beatriz
— Como se estivesse num camarote das marcas principais, imagina só, a velhota do Caminho do Meio entre as celebridades, com direito a um beijinho no Rodrigo Santoro ou no Tiago Lacerda.

Anita
— Mas e quanto à bebida, e a tua pressão e a glicose?

Beatriz
— Que pressão, que glicose? Acho que isso foram ilusões que me impingiram. Não pretendo nunca mais ir ao médico, fazer exames, para quê, na minha idade, se nunca tive nada, nunca fui a hospital, a não ser para te acompanhar, nunca sinto nada que não seja tédio, nunca preciso de nada que não seja dinheiro.

Anita
— E para que é que precisas de dinheiro?

Beatriz
— Ora, para viajar, para ver o Carnaval na Marquês de Sapucaí, para comprar uma televisão de 38 polegadas com oito alto-falantes, para ter um apartamento grande, com sacadões e vista para a Praça da Encol, para andar num carrão com ar-condicionado e chofer.

Anita
— Ou seja, igual aos meus companheiros, como disseste há pouco, também estás deslumbrada com o dinheiro e o consumo?

Beatriz
– Ora, mas eu não sou um dos teus companheiros. Tu costumavas dizer que eu votava com a DIREITA, não é, e os companheiros são os da ESQUERDA, ou isso também já foi revogado?

Anita (insegura)
– Olha, bem, essas coisas são complicadas, mas é claro que ainda tem um significado ser de esquerda, e alguma identificação disso com as causas sociais, com a diminuição das diferenças, com uma atitude mais honesta com o uso dos recursos públicos.

Beatriz (às gargalhadas)
– Honestidade, será que ouvi direito? Tu me achas muito tola, alguém que não lê jornais, que não vê TV e essas roubalheiras todas? Por que essas alianças políticas com os DIREITISTAS, como aqueles outros notórios ladrões? Ora, eu sou uma pessoa honesta, quem sabe eu também posso me intitular DE ESQUERDA, e passar para o lado dos bons e dos justos?

Anita (calma)
– Tá, eu sei, a época está confusa, tem muita coisa que também me revolta. Às vezes a gente tem a sensação de estar num pesadelo, mas também é preciso que se tenha um pouco de paciência com esses jogos de poder, e ver onde esse governo de fato quer chegar.

Beatriz
– Quem sabe era na avenida mesmo, e já chegaram, já estão lá, de modo que podem declarar que atingiram totalmente os seus objetivos. É só ouvir o samba-enredo, na voz do imortal Jamelão.

Anita
– Olha, essas ironias, tuas e de muita gente, temos que compreender todas. Como a gente compreende as respostas de quem ofendemos de algum modo, de quem causamos algum dano.

Beatriz
— Que eu saiba, nunca me ofendeste, nunca me causaste nenhum dano. Que eu saiba.

Anita
— Ora, isso nem sempre aparece assim, à primeira vista.

Beatriz
— As ofensas e os danos? Ora, mas são tão visíveis como faróis ligados no escuro.

Anita
— É, mas em determinadas ocasiões isso não é tão claro assim.

Beatriz
— Devo estar mesmo cansada, porque perdi alguma coisa dessa nossa conversa. Acho que estás tentando me dizer alguma coisa, como é que dirias nas assembleias, "metaforicamente"?

Anita
— Não estou tentando dizer nada.

Beatriz
— ... sobre dano, alguma coisa sobre provocar danos em alguém. Em mim, por exemplo, alguma vez provocaste algum dano, que não fosse me catalogar como DE DIREITA?

Anita
— Não, eu sempre procurei contribuir para que tivesses uma vida tranquila, normal.

Beatriz (levantando e caminhando como quem circunda alguma coisa)
– Ora, ora essa, mas aqui tem coisa, e da grossa. A professora Anita, pós-graduada, intelectual, socialista, membro de organizações e sindicatos, insinua algo para a sua simplória irmã na velhice? Chegamos em alguma encruzilhada? Mesmo se forem lagartos e cobras, manda, que eu agarro.

Anita
– Olha, refleti muito sobre a nossa conversa de outro dia. Como quem reza, e esqueceste de me catalogar também como ateia, que sou. E resolvi conversar contigo sobre determinada coisa.

Beatriz
– Carlos, já contaste. Que mais?

Anita
– Carlos, não contei tudo.

Beatriz (fica um pouco em silêncio, visivelmente perturbada)
– Que tiveram um caso nas minhas costas.

Anita (pausado)
– É, é isso mesmo.

Beatriz fica em silêncio, caminha e senta, com as mãos agarrando a cabeça, que balança levemente, depois alisa os cabelos para trás com a expressão cansada.

Beatriz
– Bem, nem posso dizer que seja uma surpresa. Foi por vingança, assim, coisa pensada, deixaste que eu casasse para depois dar o bote?

Anita
– Não, por favor, me diminui que eu mereço, mas não a esse ponto.

Beatriz
– Então conta tudo, que te dou os descontos, se puder. Primeiro, quando isso começou?

Anita
– Olha, para dizer isso e nessa altura da nossa vida, não tem outro jeito que não a verdade. E se tu queres detalhes, bem, começou mais ou menos um ano depois do teu casamento.

Beatriz (alterada)
– Um ano, um ano! Eu praticamente em lua de mel! Um ano, sua desavergonhada, e aquele outro santinho do pau oco, quietinho no seu canto e eu "o que tens, tão pensativo?".

Anita (levantando-se)
– Para...

Beatriz
– Paro coisa nenhuma, agora só o que me resta são os sórdidos detalhes. E isso durou até quando?

Anita (sentando-se outra vez, falando baixo, com a cabeça voltada para o chão)
– Bem, acho que nunca terminou...

Beatriz (rindo, com sarcasmo)
– Não me diz. Então estivemos sempre dividindo aquele homem, também foste viúva, sem ninguém te dar os pêsames. Se eu soubesse, teria te dado um outro lugar no velório, mais de acordo, uma cadeira

do outro lado do caixão, junto à cabeça do defunto. Poderias ter recebido condolências de modo quase oficial...

(pausa, silêncio de ambas)

Beatriz (vagarosamente)
— A vida toda, e eu sem saber de nada, a imbecil, nem sequer desconfiei. Ele não me faltava em nada, se queres saber, se estava muito contigo na cama, era então um prodígio, porque comigo nunca faltou, ao contrário, muitas vezes eu o rejeitei, o que detestava, porque ficava triste, com cara de cachorro molhado. Mas decerto ia atrás de ti logo depois...

Anita
— Eu sei como isso deve ser duro para ti. Se estivesse me preocupando contigo agora, certamente não falaria nada, como fiz a vida inteira. Mas estou pensando em mim, em como vai me fazer bem te contar e esperar que tu possas de alguma forma ao menos compreender.

Beatriz
— Ou seja, aquele teu baú não estava tão bem fechado assim. Nem a tranquilidade de alma dos que não acreditam em nada. Ateísmo fica bem nas conversas de bar dos "de esquerda", não na hora de encarar a própria irmã, traída no adultério MAIS SUJO que pode haver. Se a tua absolvição depender do meu perdão, espera sentada. Jamais, ouviu bem, jamais vou aceitar isso como se fosse uma ofensazinha qualquer, um deslize da irmãzinha solteira, tão sozinha, tão desamparada...
Chorando:
— Tu acabas de terminar com a memória que tinha de meu próprio marido. Agora, tudo o que me lembre como de nossa vida vai te incluir, todos os gestos vou pensar que podem ter sido fingidos, todos os pensamentos dele que poderiam estar contigo quando estava comigo, até os gemidos de prazer poderiam ser para ti, PERDIDA, VAGABUNDA, PUTA!

Anita
– Por essa palavra já esperava. PUTA, PUTA... Se queres saber, muitas vezes pensei nisso, eu mesma me taxando assim. Mas eu de fato amava o Carlos, e ele me dizia que amava a nós duas, que não poderia viver sem nenhuma de nós, que se a gente pudesse manter as coisas como estavam e se eu conseguisse viver na situação que vivi, que nós todos poderíamos ser felizes, sem machucar a ninguém.

Beatriz
– Ou seja, um trio, uma tapada como eu, o garanhão e a puta. Para mim, o pior papel, a trouxa, que, de tão insensível, passa uma vida sem se aperceber de nada.

Anita
– E eu a puta, achas que é um papel melhor?

Beatriz
– Glamourosa, perfumada, garanto que tinhas incenso para receber o mancebo, tu na aparência mais caprichada, disposta, naquilo até o último fio de cabelo, eu no mau humor, os filhos chorando, ou doentes, arrumando a casa, vestindo os pestinhas para o colégio, cozinhando, quando é que ele me via como mulher que lhe despertava desejo? Era a MÃE, algumas vezes até me chamava assim.

Anita
– Também posso te contar das minhas queixas, sozinha em todas as datas. Os fins de ano eram um inferno, sair com ele nem pensar, e todas as outras coisas que a "outra" nunca tem.

Beatriz
– Mas aceitaste tudo, por quanto, trinta anos? Sem um ai, quietinha no teu canto, e todos nós pensando em teu temperamento manso, amiga de todos, TREPANDO COM O CUNHADO às escondidas, traindo a própria e única irmã. E agora, pedindo perdão.

NUNCA, ouviu, NUNCA! NEM QUE EU ESTIVESSE SENDO ENFORCADA, NEM QUE TU TIVESSES A ÚNICA TIGELA DE ÁGUA DA FACE DA TERRA!

Anita apanha seu cesto de bordados e sai de cena sem olhar para a irmã.

Beatriz senta-se diante da televisão (ainda de roupão) e aumenta o volume. Voltam os sons do carnaval.

Fim do Ato 2

ATO 3

O apartamento inicial está vazio, com o mesmo cenário do Ato 1, o telefone toca várias vezes. Ouve-se a gravação da secretária eletrônica com a voz de Anita: "Não posso atender no momento, deixe a sua mensagem e o número do telefone que farei contato assim que for possível".

A voz de Beatriz (depois do bip*): "Sou eu, quero falar contigo... (pausa) Afinal, já se passou um ano e a gente não se viu mais. Tenho agora o tal de celular, o número é 9971.3244".*

A porta se abre por fora, entra Anita, corre para o telefone e liga a secretária, ouvindo a mensagem outra vez.

Senta-se, pende a cabeça sustentando-a com o braço esquerdo, apoiado na mesa, pensativa.

Levanta o fone do gancho, disca e espera.

Anita
– Alô, sou eu, recebi tua mensagem ainda agora.
(ouve)
– Há, há. É faz tempo mesmo.
– Tua saúde?
(ouve)
– Que bom! E os guris?
(ouve mais longamente com há-hás)
– Ora, eles têm a vida deles, mulheres e filhos, como todo mundo, e no mundo deles nós sempre atrapalhamos um pouco, ao menos um pouco.
(ouve)
– Aqui, nos meus bordados.
(ouve)

– Bom, quem sabe em vez de ligar não vens para uma visita? Continuo não tendo cachorros, como quando moravas comigo.
(ouve)
– Tá, combinado, te espero.

Escurece o palco.

Luz na sala, Anita sentada lendo, a campainha soa.

Levanta-se, abre a porta.

Entra Beatriz, abraçam-se com alguma frieza e sentam.

Beatriz (sem jeito)
– É, pois então, é isso aí...

Anita
– *Hein?*

Beatriz
– Tu me ouves bem?

Anita (rindo)
– Ainda não estou surda, que eu saiba.

Beatriz
– A vizinhança não mudou nada, pelo pouco que pude ver.

Anita
– Olha, está bem mais movimentada e barulhenta. Num daqueles casarões verdes da esquina instalaram um *night club*, ou seja lá como chamam. O barulho nem sempre se ouve, às vezes, trechos, mas acontece muito de andarem bêbados ou altos por droga a caminhar por aqui pela frente, aos berros. Seguidamente vem a Brigada.

Beatriz
– Ou seja, lá se foi o sossego?

Anita
– Mas olha, eu que sempre era de pouco dormir, acabei contando isso ao médico na minha última revisão, e ele começou a puxar daqui e dali – aliás, acho que ele se encanta comigo viva, sente-se vitorioso quando me vê – e me saiu um diagnóstico de depressão, e remédios, e estou dormindo com os anjos. A maior parte das maluquices da noite fico sabendo pelos vizinhos.

Beatriz
– Bom, então estás com essas pílulas da felicidade, assim dizem.

Anita
– Pois é, por mais ilusório que seja isso, o fato é que num balanço geral eu me sinto melhor, de um jeito que me fez perceber o quanto andava abatida e apática. Para teres uma ideia, cheguei a ficar quase três dias de camisola, com as janelas quase todas fechadas, a andar pela casa como uma sonâmbula, sem tomar banho e praticamente sem comer. E achava aquilo normal, alguma indisposição, era o que me dizia.

Beatriz
– Bom, ainda assim tiveste o direito de adoecer na tua casa, sem ninguém para transformar os teus problemas em fiasco de velha, como dizem os guris e as noras para mim, quase todos os santos dias, isso que não sou de me queixar de nada.

Anita
– Bea, vamos reconhecer que a tua volta para a casa do Carlinhos, depois de tantos anos comigo, deve ter sido um transtorno para eles, que já tinham a vidinha organizada de casal jovem, e não deves ter faltado com teus resmungos para temperar a convivência, não é?

Beatriz (rindo)
– Ora, nem com meus comentários sarcásticos a respeito da norinha metida à besta, nem com as minhas opiniões sobre aquele enorme desperdício de dinheiro com as empregadas, completamente perdulárias, e com as festas, tu tinhas que ver, ela almeja sair com foto na crônica social, o que talvez nunca aconteça, então convida grã-finos aos montes, e haja dinheiro.

Anita (sorrindo)
– Bem posso imaginar as tuas performances. No fundo deves ter te divertido muito.

Beatriz
– Claro, não fosse a situação complicada do pobre do meu filho, entre a mulher *socialite* emergente e a mãe velha e enlouquecida, levando cacete dos dois lados. O mais engraçado é que os netos me apoiam em tudo, o que deixa a mulherzinha ainda pior dos nervos.

Anita
– Bem, mas não é algo que te satisfaça, isso tudo. E o Pedro?

Beatriz
– Ora, está solteiro de novo, cheio de namoradas, nem vê os filhos direito, quer mais é distância de mim.

Anita
– E o teu telefonema para mim pode então ter outro significado?

Beatriz
– Pode, mas também podemos esquecer isso.

Anita
– Como assim, esquecer?

Beatriz
— Ora esquecer, deixar de lado, parar com isso de significados.

Anita
— Tu queres dizer, vamos fazer de conta que não aconteceu nada? Fugindo, covarde, com me disseste uma vez?

Beatriz
— Ora, não quero fugir de nada. Talvez não queira é falar a respeito, o que não é a mesma coisa.

Anita
— Ofendidas podemos estar nós duas, mesmo depois de um ano.

Beatriz
— Feridas, atordoadas, com vontade de dizer coisas muito duras.

Anita
— Ou exibir as cicatrizes, cada uma que ficou esses meses todos medindo os centímetros das feridas, pensando que ninguém tem maiores.

Beatriz
— Ele nos queria as duas, o muito covarde. Queria e conseguiu.

Anita
— E depois de todos esses anos, nós vamos nos dilacerar, tentando lembrar detalhes disso que aconteceu, e das coisas que podíamos ter feito diferente do que fizemos?

Beatriz
— Eu não consigo mais ver o rosto do Carlos. Ele é como uma sombra. Esses dias me levaram numa dessas tais de vernissages, e as pinturas da moça eram quase todas de rostos sem os detalhes dos

olhos, da boca e do nariz, como um esboço no lugar do rosto. E é assim que me lembro agora daquele homem com quem fui casada por trinta anos.

Anita
– E é o que me veio com os remédios de que te falei. Uma espécie de esquecimento. Como se eu tivesse *chips* na minha cabeça, capazes de transformar covardes em audazes, tristes em alegres, coisas assim.

Beatriz
– Nesses modernismos todos, quem sabe se isso não é mesmo possível?

Ouve-se barulho de trovões e chuva forte.
Ambas levantam-se e vão à janela, ficam por instantes olhando para a chuva, que de quando em quando joga relâmpagos de luz ao longo da peça.

Anita
– Mamãe sempre dizia que quando mulher não casava, ficava para benzer tormenta.

Beatriz
– E o instrumento da benzedura era um machado, aliás um machadinho. Tu te lembras dos chaveiros em forma de machado que ela dava de presente para todas as sobrinhas que faziam trinta anos solteiras?

Anita
– Só não ganhei o meu porque ela morreu antes dos meus trinta anos.

Beatriz
– Em todo caso, hoje poderias devolvê-lo, de certa forma ninguém foi mais casada do que tu.

Anita
– Não que fosse muito difícil para nós duas, calejadas como somos agora, dar as nossas bênçãos para que passe essa tormenta e todas as outras.

Beatriz
– Uma função das mais nobres. Quem sabe a gente não trata disso a partir de agora, como compromisso de vida?

Anita (olhando o relógio)
– Que já deve ter começado, contei o tempo do último trovão, já vão cinco minutos de calmaria, a tormenta não deve voltar mais.

Beatriz
– Achas então que já começamos com um milagre?

Anita
– Dos pequenos, mas quem de sã consciência pode dizer que não somos capazes? Quem?

CAI O PANO

VERSOS

Velório

Para Nelson Ivan Petzold

No papel de parente emprestado
Trago o casaco dobrado
E o que me resta de voz
Nessa tristeza atroz
De te entregar meu adeus
Pedindo a qualquer deus
Que te carregue consigo
Para o lugar onde só se leva o amigo

Lembro do derradeiro beijo que vi na testa fria
E de uma janela que volta a volta se abria
Ainda sinto o aroma do café
E a quentura de nossa fé
Choro um momento em que nos demos as mãos
E rezamos como bons cristãos
Persignados, tristonhos
De um jeito que não gostaria
Quem era um dos reis da alegria

Fomos todos, para ti, testemunhas silentes
Da melancolia que nos escondia os dentes
Tinhas afinal partido em tua carroça celeste
Levando em tua mala tudo o que deste
Que foi tanto, como as almas nobres
Que aqui nos deixaste cada dia mais pobres.

Entre dos aguas

(sobre uma música de Paco de Lucía)

Entre dos aguas
Se pasa y gira todo el mundo pequeño
Se cubren los techos de las invernadas
Las nieblas ganan sonidos
Lluvias y vientos encuentran sus caminos
Entre dos aguas seguimos viviendo
Con la luz brillante de las cordilleras
En el continuo movimiento de las hojas en sus árboles
Muy cerca de algunas almas conocidas
Lejos de otras, extrañas
Así vivimos la vida
En este suelo sagrado
El dolor y la alegría
La flor vulnerable
Entre dos aguas.

Ave negra

Tenho saudades da invernada
E hoje me aconchego por quase nada
Sinto cordéis que me puxam para o abismo
De longe, reajo, como se de fogo fosse um novo batismo
Nada me defende do andar sôfrego das horas
Não há remissão para o andar do tempo, se foram todas as
    demoras
Trago o olhar cansado
E o casaco todo molhado
Mas não sinto frio
A pele amortece nesse desvario
Olho ao longe, mas nada mais vejo
Sou um ser humano, ainda capaz do desejo?
Se apagaram todas as esperanças
As que tinha, hoje são meras lembranças
Sonhei que uma velha, subida numa árvore torta
Me oferecia a vida eterna com a sua mão de morta
Com a voz rouca, disse sim, primeiro, e depois disse não
O que tinha para dizer já disse, num longo e interminável refrão
Não mais tenho lugar na minha casa
Ave negra, me estende, afinal, a tua asa.

El sonido de las piedras

Se sonriesen todas las estatuas
Se les ocurrira en un repente de vivir
Se cambiasen sus inmovilidades en un segundo por movimiento
Andarían las rocas
Cubrirían los ríos y los campos com sus súbitos deseos de otros
    lugares
Nadie en ningún lugar se quedaría inmóvil
En ninguna campiña restaría el oído dudoso de cualquier alma
Las piedras sudarían
El mármol podría contar sus propias verdades
En este nuevo mundo el hablar se oiría de cualquiera
En este nuevo mundo se desgarraría para siempre el silencio.

Era noite

Para Eduardo Janz Gutierrez, Dudu

Era noite e quis fazer um verso para ti
E contar que com gosto sofri
Meu filho que amo além da conta
Quis fazer pouso, alegria e faca sem ponta
Quis nascer de novo em ti
E de fato nasci
Quis que fosse sempre luz e às vezes fui sombra
Que se desmontasse toda e qualquer bomba
Desejei para ti o melhor dos mundos
E nada de sustos profundos
Chorei, cantei e sorri
Quase exclusivamente por ti
Menti, quando era hora de dizer a verdade
Esperei, como um louco, só a felicidade
Em toda a tua demora
Rezei para que andasse depressa a hora
E como faz bem a chegada
Toda a loucura apagada
E como faz bem o amor que sinto por ti
Que veio daquela porta onde bati
E como me lembro de ter visto primeiro o teu nariz
Visão que deu à minha vida uma diretriz
Uma vida que me faz devedor
Do que mais me deste, este amor...

Três papagaios

Na árvore desfolhada pelos frios de inverno
Nos galhos finos e secos pousam três papagaios
Estranhos naquela manhã ventosa
Fora do lugar
Insólitos, na cidade populosa
Aqui, onde ninguém sabe o que seja divagar

Pousam e ficam nos galhos
Quase sem movimentos
Como a observar aquele terreno absurdo
Carros a correr em todas as direções
Passantes apressados
Todos mascarados

De repente voam todos
Fazendo ruídos fininhos, agudos
E se vão
Fico a pensar, numa dúvida atroz
O que dirão de nós?

Beleza

Em toda luz que brota do mundo
Há sempre um mistério profundo
Da imensidão do firmamento
Vem a voz arrepiante do vento
A chuva que enche o buraco antes vazio
O latido dos cachorros no casario

Em toda cor que engalana o nascer do dia
Há a mão da arte que se irradia
A vontade perene do entendimento
O falar sereno do cabimento

Rompe-se a aurora
Cala-se o peito que há pouco chora
Inundam-se os vales na pujança das plantas
Mas nem se sabe se são, e quantas

Há uma interrogação em tudo
Como o desejo incontido da palavra que sente o mudo.

Ajuda

Sempre que olho para os lados são duas horas
E são horas, raras, nas quais não choras
Se passam os ventos e os sóis
Soam como preces os teus bemóis
Tua melodia não muda
E à tua tristeza não há quem acuda
É atávica, que junto com os frios do inverno
Tu as sentes como um ser interno
Outra pessoa que não a tua
Com voz feito a da cacatua
Se olho, e não são mais duas horas
Se concentram em ti todas as demoras
Quero ajudar
Achar um jeito de guardar
O que não é teu em lugar fechado
Em algo que não abra, num cadeado
Quero ser a mão que ajuda
Um ser mágico que faça a dor ficar muda.

Morto

Olhei de novo para um verso que parecia torto
Com alguma boa vontade, não estava completamente morto
Tinha, olhando na luz, certo brilho
E não fugia do estribilho
Por vezes, vendo o esforço do pobre poeta, suava
Nas tramas da rima, antes, cantava
Tinha espinhos, caroços, sobressalências, mas algum garbo
Como numa grande e poderosa família
Exibia a sua força na vetusta mobília
Se fecho os olhos e o recito de novo
Nunca vai ser do meu agrado e do povo
Palavra por palavra, verso por verso, rima por rima
Sempre há de ser a impressão de cima
Vai ver era mesmo um verso que se sabia morto
E nem me enxerga aqui, arrependido, arranhado, absorto.

Minúscula pastoral

Ouvir uma música divina
Devolve sensações a uma alma ladina
E na minha, não menos desperta
Sobe-me a maior sensibilidade, e o grande alerta
Entram os acordes mais sonoros
Arrebatantes, feito pássaros canoros
Me fazem ver o vento mexendo as folhagens das campinas
Ouvir o grasnar dos patos
O deslizar das águas mais profundas
A poeira se erguendo em temporais
A luz se partindo em decimais
Caminho, paro, sento-me e adormeço
Como quem jamais teve um endereço
Num instante sou música e mais nada
Numa borda do lago, da enseada
Onde mora a felicidade.

Envelhecer

Por que me assalta essa angústia atroz
Como se temesse minha própria voz
Por que os dedos de repente somem
Como se o lobo sobrepujasse em sua mente o homem
Por que tanto escuto o passar das horas
E, a cada minuto, ponteiro, me devoras?

Por que luto por essa insânia de parar o tempo
E quero fazer isso tentando travar o vento
De onde vem esse medo do futuro
Olhando para os anos que passaram num monturo
Onde andas tu, que me deste os dias
Quando então as horas passavam como melodias?

O tempo se foi como numa enxurrada
Sozinho, conto as rugas e olho minha camisa encarnada
Já não suo mais
Meu caminho não encontra gente jamais
Ouço, ainda, ao longe, uma cantiga
Venha me dizer se já morri, amiga.

Esperança

Para os eternos amigos da ATM 74

Não há que se perder a esperança
Nem do malquerer imitar a triste dança
Não há que se punir o ar que se respira
Ou se aceitar mesmo a mais suave mentira
Não há que se esquecer a visão da verdura
O afeto em sua forma mais pura

A vida que se vive não morre
A seiva da vontade, sozinha, escorre
Não foge a luz do amanhecer, é eterna
O ocaso se extingue com a sua própria perna
Nada do que não é humano
Vive neste mundo cigano
Nada do que faz o desejo esmorecer
Há de um dia vencer

A luz da esperança é a voz da divindade
E é onde moramos, neste mundo, nesta mesma cidade.

Domínio público

Essa música causou tal bem a mim
Que quis de pronto deixá-la assim
Como viera ao mundo
Depois de qual sono profundo
Que nem me acorre, agora, a hora
O tempo em que voou para fora
O dia em que nasceu, a lua e o hospital
O argumento que lhe deu cabedal
Veio letra por letra, nota por nota, de não sei onde
Como se viajasse num antigo bonde
Veio das entranhas de alguém
De algum lugar, do céu, do além
Agora pertence a todos e a ninguém
É eterna, mas sabe ser vela
Em sua essência é música, e a cada dia mais bela.

Falha

É uma simples folha nua
E não há quem lhe atribua
Poderes que ela não tem
A voz falha e a voz vem
Mas a palavra escrita
Feito uma montanha de brita
Estaca de repente nos seus achaques
E não sai nem em matéria pros almanaques
A mão da caneta paralisa
De tanto esfregar fica lisa
Não há perdão nem anistia
Para o escrivão que se ajoelha na sacristia
E pede, e suplica para não ficar mudo
Dando em troca o que for, mesmo que seja tudo.

Origem

Andei atrás de meu ancestral andaluz
Mas na pobre tumba de meu pai não tinha sequer uma cruz
Queria saber de minha ascendência
Quis ouvir quem me dissesse de onde vinha
Que raios se teriam partido em meu nascimento
E pra que lado soprava o vento
Ansiava por saber de meus primos
E dos velhos que lhes ofereciam arrimos
Quis saber o que me definia
De onde vinha essa mania
Arremedo de grandeza
Comida que não cai da mesa
Pedi que me cantassem uma melodia
De novo, nova, a cada dia
Supliquei pelo verso
Angústia, medo, desejo disperso
No fim não tinha muita alegria
Eram afinal palavras, era só poesia.

Alma

Minha alma tem um ninho guardado
Minúsculo
Desesperado
Onde não caberia mais que um pequeno passarinho
Um colibri
Uma rolinha
Minha alma isso tem

Um lugar para uma ave onde pousar
Sempre que cansa de voar
Minha alma não se gasta de ser um pouso
Um repouso
Não se esquece de pedir por parceria
E de manter seu lugar em calmaria
Minha alma isso tem

De se sentir sozinha
De penar de pura tristeza
De sucumbir num fim de tarde em tanta beleza
Na hora em que as cores se reúnem para deitar o sol
Minha alma isso tem

De não se bastar
Altaneira
Como era de se esperar
E não por ter nascido enjeitada
E não por lhe ter sido negada a música
Nem os afagos da luz dos dias
Mas ela assim se sente
No medo de sucumbir de melancolia
Sempre que voam ao longe os passarinhos
E as asas fortes não necessitam descansar
Então pede, de novo, por companhia, minha alma
Pede na voz dos pássaros vivos
E dos pequenos que já ganharam a calma
Pede
Suplica
Para que não morra
Minha alma.

Clair de lune

(pensando em Claude Debussy, com o devido respeito)

Um clarão de lua me assoma
Dias correm, ventos fogem sem nenhum aroma
Dedos celestiais escorrem pelo teclado
Deixam sempre uma voz de lado
Um arabesco
Uma ramada
Um desejo incontido
Uma pousada

Não suguem tudo de uma vez
Olhem o cair da tarde
Molhem as mãos
Calem
Ouçam
Chorem
E rezem
Como bons cristãos.

Um galho

Um galho novo
Na árvore que foi cortada
Avança pela janela de onde não se via
Balança-se ao vento em suave harmonia
Invoca a mão do pintor
Propaga a ausência da dor
Chama de volta a luz onde havia treva
Pede mais uma vez o olhar que enleva
Um galho novo, feito uma criança
Transforma a feiúra na mais linda dança.

A visita da senhora

(à moda de Augusto dos Anjos, com o devido respeito)

A morte andou me olhando de soslaio
Mas não era a minha vez ainda
Deixei para depois a dor infinda
De ver que tudo se fosse como num desmaio

Andou essa velha senhora
Buscando o que tenho por uma penhora
Trilhando mapas que tinha quase acabados
Traçando a trilha de meus pobres pecados

Mas, nem tantas dívidas tinha eu deixado em meu destino
No mais das vezes era puro desatino
Lembro de querer ser luz, e vejo
Muitas vezes fui a sombra e o desejo
Lembro de querer ser música e harmonia
E quantas vezes fui como um silêncio na pradaria?

Nenhuma voz a gente tem quando se aproxima dum final
A alma não tem armas nessa luta desigual
Se espera, se reza, se suplica somente
Chorando, gritando, na mesma voz aguda do demente.

Um dedo

Agradeço por mais esta oportunidade
De sorver um pouco mais a seiva da realidade
Por este espichar do pensamento
Por esta dádiva de ouvir de novo a voz do vento
De andar ainda uma vez em passadas sem rumo
Vagabundeando sem nenhum prumo
Na luz forte do meio-dia
Na vista longa da extensão da sesmaria

Alguém me deu essa permissão divina
Não foi nenhum monge que sequer atina
Se fico ou se vou nesta marcha insana
Se durmo, afinal, com gosto em minha cabana

Acredito com fé que foi obra de algum deus
Que olha de longe pelos seus
Um dedo que põe cor na tela nua
Um dedo que olha a vida como se fosse tua.

Fazer

Fazer versos é como alguém que cai
A gente se arrasta em busca de uma palavra somente
O vento vem, assopra, e a rima se vai

Fazer versos é como alguém que fica
O outro viaja, conversa e bebe contente
E nada do que se escreve parece uma rima rica

Fazer versos é como andar solitário
Numa rua estranha sem iluminação
Esperando a hora, que nunca chega, quando soa afinal o campanário

Fazer versos, dizia Quintana, é um vício triste
Que me obriga a sair de casa no frio
Na busca do tema que nem mais existe...

Dia de tempestade

Para Ilceo Carlos Mergen, poeta rio-grandense

O vento de setembro feria como um açoite
As folhas vergadas na força descomunal
De fora, trotando, o bagual
Vai varando a desgraça da noite
Os olhos sem o brilho da força
Impotente, feito cria
Vê passando os galhos arrancados como fileiras de corpos
O negrume do poente como um manto de morte
A promessa da estiada, agora, sem norte.

Desconsolado da luz que não vinha
Estropiado, suarento, na cor que não tinha
O pedido, a prece
Que ficam no ar
Por um deus à escuta,
Donde sempre se vê
Da esperança mais vã
Ao desejo mais vil
Da voz do patrão
A do mais servil

Tanta luta
Tanta raiva contida
Tanta promessa de vida
No olhar reto da morte
No assomo do arraial, feito a visão de um corte
Sangrando, vibrante, lúcido, afinal
Sai o gaúcho do ressonar profundo
Com essa nova visão de mundo:
Da oração sai o melhor do que temos,
Da luta, o único gesto que, de fato, sabemos.

Versos contagiantes

Contemplando Augusto como numa redoma
Aqueles versos que parecem ter nascido em coma
Não me passariam esses, feito bactéria
Expelindo solertes sua triste e sórdida matéria?

Pulei frenético, acordado, da minha cama
Com a velha dor que de novo proclama
Sem majestade, e de novo, o meu fim
E de tudo que viera antes de mim

Eram horas silentes
Sem voz, sem gentes
Era dia já, o sol brilhava mas não tinha prumo
O vento assomava e não se via rumo

Havia um silêncio solene no ar
Desses que se abrem de par em par
No aguardo que a mão mestra
Faça soar por fim a orquestra

Recebi, afinal, e contrito, o verso que me enviava o vate
E por mais que diga a palavra forte, que me apanha e abate
Chorei na compreensão da grandeza
Daquelas luzes que traziam tanta tristeza

Mas não eram mais horas de derramar o pranto
Já se tinha esgotado esse, e todo o seu fúnebre canto
Para mim, na minha pressa rude
Quis pedir, e pedi pela quietude
Que veio afinal na música pungente e calma
Onde não era mais eu, afinal, era só minha alma.

Impressão:
Evangraf
Rua Waldomiro Schapke, 77 - POA/RS
Fone: (51) 3336.2466 - (51) 3336.0422
E-mail: evangraf.adm@terra.com.br